JUN 8 3 2024

GENTE DE LA CIUDAD

Guillermo Samperio tiene una gran pretensión con este libro: quiere hacernos reír. Por tal motivo su literatura se transforma con el encanto de los espejos; pasen ustedes; contemplemos aquí, con cinismo y ternura, nuestros rostros, los de la *Gente de la ciudad*. Sintamos las sombras, los gestos, las muecas, los ritos, los personajes, las palabras de nuestra vida cotidiana. Nos rodean las oficinas iluminadas, las calles en las que duermen los borrachos desposeídos, los melancólicos postes, los cuartos en penumbra, nuestras razones enterradas en una esquina; nos circunda esta ciudad de multitudes desoladas, de jardines y palacios, de humo y concreto, de tenebrosas viviendas, esta ciudad que no nos es ajena y que tampoco es nuestra. La odiamos y la queremos. Solemnes defeños con el ansia dormida de pelear nuestra última batalla, merecemos también la risa, y así lo ha comprendido Samperio.

Guillermo Samperio (México, D. F., 1948) ha publicado antes ocho libros de cuentos; entre ellos, *Fuera del ring* (IPN), *Lenin en el futbol* (Grijalbo), *Miedo ambiente* (Lecturas Mexicanas) y *Textos extraños* (Folios Ediciones).

GUILLERMO SAMPERIO

GENTE DE LA CIUDAD

*Para Martínez Forster,
esta mapa humano
del chilango;

con mi afecto
de iniciación:*

Samperio Provo 11-ian-88

letras mexicanas

FONDO DE CULTURA ECONÓMICA

Primera edición, 1986

D. R. © 1986, Fondo de Cultura Económica, S. A. de C. V.
Av. de la Universidad, 975; 03100 México, D. F.

ISBN 968-16-2321-5

Impreso en México.

A mi madre,
ROSA GÓMEZ VIUDA DE SAMPERIO

PALABRAS PREVIAS

I

Hace pocos días, en el taurino restaurante *Belmont* de la colonia Hipódromo Condesa, mi amiga la escultora Lucrecia Cuevas me dijo que encontraba demasiado parecido entre mi madre y yo; sus palabras no me sorprendieron, pues las he escuchado en reiteradas ocasiones. Pero agregó lo siguiente: "Hablan igualito, el mismo ritmo pausado, la misma entonación, en fin..." Esto sí me resultó un señalamiento importante; pensé de inmediato que la anécdota podría iniciar "Palabras previas" de *Gente de la Ciudad,* que tienen el fin de compartir algunos detalles íntimos relacionados con la elaboración del libro. El comentario de Lucrecia indica una circunstancia clave y sencilla en mi vida: de quien estuve más cerca fue de mi madre, no sólo porque ella me dedicase más tiempo que él, sino porque mi padre viajaba mucho —al menos eso decía— y, al último, estuvo poco en casa. Así, las enseñanzas de mi mamá resultaron inevitable y profunda influencia en mi habla, pensamiento y costumbres.

No hace mucho, para una mesa redonda, me vi en la necesidad de definirme ante el tema del estilo literario, cuyo significado dirimí con el escritor Bernardo Ruiz, quien, después de una interesante disertación que yo acepté no entender del todo, dijo que el estilo era como la forma de caminar de cada persona y debido a ello podía distinguírselas, que algo semejante sucedía en el acto de la escritura. La ejemplificación me pareció procedente, pero aún no lograba sacarme de la duda: ¿cuál es mi estilo? Lo que pude responderme fue que mi trabajo literario resultaba una especie de *summa* estilística de mi diversa lectura en libros de autores latinoamericanos influidos por europeos y norteamericanos. Al respecto, adelanto que de cualquier modo dicha lectura se traslucirá en el presente libro, si bien a manera de acertijo; las claves

9

son los mismos textos, exceptuando el epígrafe del último relato. No es más que un juego extra, entre los distintos que se hallarán adelante.

Si uno se ha propuesto un reto sincero, valeroso y profundo en la creación literaria, pretenderá, si no trascender a sus autores favoritos —lo cual es tentador, sobre todo en el campo de la irrespetuosidad—, sí conseguir la forma propia de caminar sobre la siempre temible hoja en blanco: la voz propia, la expresión unívoca, mi rostro literario, mi manera de ponerle crema a los tacos, lo inconfundible de mí mismo, etcétera. Entiendo, por otro lado, que para el buen decir de una cuentística no basta el "propio" universo lingüístico; son indispensables las formas internas que estructuran lo que vas contando. Es probable que la fusión de ambos niveles —lenguaje y estructuras— dé por resultado un estilo literario. De todos modos, lograr un "estilo propio" no resuelve el enigma; ese estilo necesita ser aceptado por los lectores.

Durante mi carrera literaria he pretendido escribir de una manera natural —opuesta a lo afectado o artificioso—, eligiendo los vocablos de mayor peso y expresividad del idioma "mexicano" y, en especial, del "defeño", por llamar así a la jerga que malabareamos en la Capital; dicha manera es deudora de la cadencia del habla cotidiana o de las peculiaridades de las formas del decir —que son el fundamento de lo formal—. No obligadamente absorbe los giros coloquiales y se pone distante de localismos; sus normas semánticas se inclinan hacia el uso popular en casos de duda. Se trata, pues, de contar sin que el lector se dé cuenta de que le estás contando —las menos distracciones posibles—; conseguir su atención aun aplicando procedimientos poéticos y un arbitrario punto de vista. A sabiendas de que un idioma es portador de una tradición sensible y cultural, esta escritura a veces no exige el pleno entendimiento; le basta conmover la pura sensibilidad, al cuerpo —que es, en principio, cultura—. No soslayo que los preceptos de, digámoslo así, esta poética "autoimpuesta" implican un alto grado de dificultad en la escritura.

A estas alturas es ya evidente mi conclusión: el habla que mejor conozco es la mía y, según explicó Lucrecia, hablo igualito a mi mamá; por lo tanto, mi estilo se parece a la manera de hablar de mi madre. Ella nació en el Distrito Federal de los veintes, en las calles del Centro —La Lagunilla—; huérfana a temprana edad, recogió de esa zona la palabrería que me trasmitió en sus cariños, consejos y regaños. A pesar de mis lecturas y de la persecutoria corrección de estilo que impera en el medio literario, he conservado y protegido ese lenguaje "defeño". La palabra es el principio del tacto; el tacto es el principio de la vida. La palabra es vida.

Entonces, puedo reconocer, sin pudores intelectuales, que la principal influencia lingüística en mi estilo literario me viene de Rosa Gómez viuda de Samperio —la señora dice que no le gusta ponerse eso de "viuda" porque siente que mi padre todavía la acompaña, y no lo dudo: el tacto es el principio de la vida perdurable; pero, por razones radicalmente íntimas, yo me veo en la circunstancia de aplicar el "viuda", con el fin de tomar prudente distancia de William Samperio Ruiz, de quien heredé nada menos que la fuerza creadora y la sensibilidad, hombre polifacético: compositor, músico, actor, arreglista, locutor, cómico, director artístico, etcétera—. Sin embargo, no es suficiente tener una cadencia o una manera de contar; falta el sistema óseo del cuento. Ya que mencioné a don William —el nombre en inglés le viene de su padrino, un norteamericano telegrafista con el cual deseaba quedar bien mi odioso abuelo Miguel Ángel; este bautizo pasó a fregarme también a mí, pues a la familia le dio por decirme Willy—, tendré que exponer que fue un hombre altamente sensible, simpático, centro de fiestas y reuniones, siempre dispuesto a llevar serenatas y gallos, donjuan empedernido —tengo cinco hermanos y parece que ocho medioshermanos—, pero especialmente buen contador de chistes, chismes y mentiras, dones que hicieron su éxito popular en la afamada XEW de los cuarentas y cincuentas, radiodifusora donde conocí "personalmente" a Pedro Infante y a Los Panchos. Bueno, estas cualidades de mi papá —nacido en el Puerto de Veracruz—, a lo mejor defectos, no llevaban el sello samperiano, pues mi abuelo fue una persona severa, parca, hermética, solitaria; le venían por el camino Ruiz, es decir, de doña Clara Luz, mi

11

querida abuela, mejor conocida como Clarita, mote justo debido a su piel blanquísima y su transparente mirada azul —mi tío abuelo Rach dice que era una de las mujeres más bellas del Puerto; por lo menos don Miguel Ángel fue despabilado—. Doña Clara hacía honor a su tierra, el *Paso del Macho*, Veracruz, uno de los estados con la mejor picardía de México: mujer bromista, pícara, dicharachera, lépera, echadora, hábil con el chisme y la intriga familiar —que me desmientan, si me equivoco, las esposas de mis tíos paternos y ellos mismos—.

Los días de mis cumpleaños, durante mi infancia, la abuela me llevaba un riquísimo pastel de chocolate cocinado por sus blancas manos; al entregárselo a mi madre, siempre dijo: "Rosita, aquí traje el pastel que le gusta a este muchacho cabrón"; mientras, su mirada azul me señalaba cariñosamente. Desde mis primeras bromas literarias tuve conciencia de la influencia de doña Clara Luz Ruiz de Samperio en mis textos, pero no me interesaba definirla.

Aunque cultivo poco el chisme —lo cual no niega mi gusto por él; lo oigo con delectación— y casi nada los chistes —me agradan los delicados y los surrealistas—, en mi escritura he permitido, en la medida que la temática lo ha hecho posible, la presencia del humor, elemento de vital importancia —como el erótico—; incluso, el humor es parte de la fisonomía del punto de vista de mi estilo literario. Pero el aspecto que he tomado, en especial, de la arrolladora existencia de mi abuela es el que le da coherencia al chisme: el develamiento de una realidad oculta y prohibida a los demás, realidad que transita ante los ojos ciegos de todo mundo y todo mundo ansía ver —claro, me ayudo con la intriga, que en el terreno de la literatura se transforma en tensión y malicia, para develar el asunto paulatinamente—. Esto implica que antes que a mí mismo, me gusta divertir al prójimo; y si para ello es necesario echar una mentira, la echo. Referirle un cuento como si le estuviera platicando un chisme; esta mecánica o maña tampoco tiene que ser evidente. A veces sólo es ligero aliento, sutil insinuación, plática descuidada al oído interesado. En este contexto, relatar la vida de un burócrata, una mujer linda, los postes y la de una caja de cerillos, chisme será, chisme que soporta, a manera de esqueleto, las peculiaridades de las formas de mi decir —no quiero ocultar que a estos huesos se suman los recuperados en la obra de los autores que más leo—.

Nunca imaginé que tras las bambalinas de mis garabatos se encontrarían el habla y la picardía de dos mujeres, provocando el cruce entre lenguaje y estructura para conformar en buena medida mi estilo literario.

II

Desde la primera vez que la inquirí sobre su origen, la respuesta de mi madre fue que había nacido en el Distrito Federal, pero que de muy pequeña sus tías —Amalita, Cata, María, Vita y la Chata Vega— la llevaron a vivir a Salamanca y que ya adolescente había vuelto al DF, con lo que ella se consideraba *más* de Guanajuato que de aquí, aunque a decir verdad no renegaba de su chilanguez. Resulta ocioso exponer que esta ambigua definición y su fustigante sentimiento de culpa también los asimilé, pero en un nivel más profundo que el lingüístico. Odiaba el DF, su habladito; saberme chilango era intolerable; quizá hasta los treinta años se me dificultó aceptar la referencia a un origen preciso. Luego de avergonzarme de mis pretensiones veracruzanas —todavía visito el Puerto una vez al año—, muy internamente me sentí extraterrestre de ningún tipo. Al no sentirme distritofederalense —qué horrible se oye—, tampoco podía reconocerme mexicano ni mucho menos latinoamericano ni muchísimo menísimos europeo —aun mi tatarabuelo de Santander, don Pablo—. No me interesaba definirme como escritor urbano ni narrador "nada"; es más, estuve a punto de alejarme de la escritura —de todos modos me acerqué a la tradición literaria de América, principalmente a la mexicana, en especial Arreola, Rulfo, Revueltas, Henestrosa, Rivapalacio y Payno, y a la uruguayo-argentina, con preferencia para Abelardo Castillo, Walsh, Cortázar, Onetti, Felisberto Hernández, Arlt,

13

Girondo y Borges—. Después de un largo, lento, espinoso, profundo recorrido por los terrenos de mi espíritu, y su desentrañamiento consecuente con la ayuda inestimable de Esther Harari, empecé a tener una ligera sensación nacionalista —estaba aterrizando— y festejé, en Coyoacán, un 15 de septiembre, espada de madera en mano y falsos bigotes de prestidigitador. Al poco tiempo, batiéndome contra el necio sentimiento de culpa en duelo escalofriante que gané, por fin pude sentirme de la Capital; le tomé cariño a mi "concreto", que no a mi "tierra". Mi apatía se transformó en interés y mis objeciones en preocupación. Me permití una temporada de análisis y pláticas con los amigos; hice algunos apuntes, comencé a escribir sobre el tema. Descubrí que el crecimiento acelerado de mi ciudad era su propia desgracia; se demacraban los rostros felices de nuestra tradición. Si la triste historia del pulque, las gorditas de manteca y el jarabe tapatío, me dañaba, cómo no sufrir ante el bárbaro desgaste de la Ciudad de México.

Imaginé su futuro desastroso: un cascarón de concreto abandonado, fantasmal, solitario a lo ciencia ficción; sólo moribundos contrahechos, ratas, cucarachas y moscas tras la gran catástrofe. El asunto de reeducar al cuerpo y sus sentidos ya no sonaba a utopía, preparándose para la oscuridad. El enfoque de la literatura desde esta visión, en ese momento —todavía no se daban el terremoto ni la inversión térmica—, me acercó a una moral artística: preservar la ciudad en una especie de museo de palabras. Sus nexos con la historia lejana, su gente, su lenguaje, sus rasgos más mexicanos, se están borrando vertiginosamente —incluso que pierda su chilanguez nos indica una tendencia suicida—; conservarlos es una medida ejemplar no sólo por sanidad ecológica. Entonces, me asumí a plenitud como escritor urbano o chilango; no me importó el nombre, sino la comprensión del hecho. Admití naturalmente que mis personajes eran de la estirpe "defeña" y que mis relatos se "cimentaban" en la Ciudad de los Palacios. Desde mi nueva mexicanidad acepté que el destino del Distrito Federal nos incumbe a todos.

Gente de la Ciudad es mi primera contribución a preservar

el DF. En días pasados, antes de la redacción de estas páginas, aunque no la convencí del todo, mi madre y yo coincidimos en que no había por qué sentirse mal por ser de aquí. Y me otorgó la autorización para declararla capitalina, a pesar de que nos digan chilangos y nos tiren tanto.

III

Por otro lado, quiero pedirles disculpas a mis paisanos que vean su retrato en las prosas que vienen; agradeceré su comprensión en tanto diviertan a los demás y acepten reírse de sí mismos, como en varios sitios lo hace Willy, abierta y veladamente. A los que se consideren dentro del rubro "los demás", les pido que no se ensañen demasiado con aquellos que se pusieron en la foto. Las inevitables similitudes que los de provincia encontrarán con personajes de sus ciudades y poblaciones son mera casualidad.

IV

Deseo informar también que varios compañeros de las oficinas por las que he transitado, a partir de quienes escribí algunos textos, fallecieron en el terremoto del 19 de septiembre de 1985; van para ellos mis mejores recuerdos y mi mayor respeto. Ellos comprenderían que en temporadas de depresión general la risa es buena; que mi libro la provoque en estas circunstancias difíciles.

V

Estoy de acuerdo en que, para disminuir al mínimo la distracción del lector, es pertinente evitar las demasiadas dedicatorias; pues lo siento mucho: la mayoría de las prosas la llevan. Son una de mis mejores maneras de agradecer. Otra, por ejemplo, es la siguiente: le doy las gracias a don Salvador Reyes Nevares por permitirme publicar en su suplemento

—el marginal "Revista mexicana de cultura"— buena parte de las primeras versiones de este original, bajo el sobrenombre de "Defeñas". Otra: muchas gracias, Naty García, por el montón de hojas que mecanografiaste varias veces.

VI

A los que les gusta criticar todo, espero me perdonen este prólogo de un escritor que se apresura en autoprologarse. Entiendo a la perfección que la creatividad artística se respalda sola; en esta ocasión no se trata de justificar nada, además de que la naturaleza miscelánea de la obra, su tema y el momento que vive el país permitían una introducción. De cualquier forma, retiro toda palabra previa para darle paso al chilango este.

Ciudad Victoria, Tamps./Unidad Cuitláhuac, DF, abril de 1986

I

GRAN INAUGURACIÓN

PELUQUERÍA *Nueva Lindavista Unisex*. Estamos invitando a toda nuestra estimable clientela (hombres y mujeres) a que visite a sus amigos Mario, Kuko y Juan, ex peluqueros de los *Baños Lindavista*, ahora con su nuvo servicio de corte a navaja, en capas y a gajos, ondulado o con enlaciamiento. Masaje capilar, tintes y manicure. A sus órdenes en Calzada Azcapotzalco la Villa Núm. 141, Col. San Bartolo Atepehuacán. Mientras espera, pida su refresco GRATIS.

EL HOMBRE DE LA PENUMBRA

ERAN las nueve de la noche en la oscuridad que descendía sobre los edificios del Distrito Federal. Buena parte de los comercios yacían en la penumbra, mientras otros empezaban a cerrar. Las oficinas se encontraban también en silencio, con la ausencia del tráfago de papeles y papelitos, sin el ruido de las máquinas de escribir ni el del timbreteo de los teléfonos. Soledad y mutismo sobre escritorios y anaqueles tristes; las tazas del café desperdigadas por los amplios locales como si sus dueños las hubieran abandonado de súbito debido a alguna urgencia inexplicable, como si la vida hubiera renunciado a prolongarse en aquellos recintos. Pero no en todos había ausencia, pues existen hombres quizá extraños, quizá un tanto locos, quizá muy responsables, ¿quién lo sabe?, que perduran en las oficinas sin resignarse a abandonarlas del todo. Sin remedio, suelen vivir largas horas en su escritorio. Pareciera que el mundo les hubiese consignado evitarles la melancolía a archiveros y cajoneras, a sillas giratorias y alfombras.

Se extienden a lo lejos las hileras de muebles, soportando sus peculiares y altos cerros de papel. En su perdurar nocturno el espacio de la oficina se abre prácticamente hacia el infinito, donde el tiempo se ha detenido en una extensa noche sin tiempo. Pero en algún recodo del laberinto de canceles está El Hombre de la Penumbra, aún sin perder la elegancia, puesta su corbata de franjas oblicuas sobre la blanquísima camisola, su traje necesariamente de tonalidades apagadas. Hombre la mayoría de las veces moreno, delgado, un poco mal parecido a causa de una nariz ladeada o de un rictus en la boca que desarregla el rostro. Mira con particular insistencia hacia la amplia tabla de su escritorio semejando una de esas esculturas modernas demasiado realistas.

En algún momento de aquella tarde, cuando sus empleados y sus compañeros se despedían y las secretarias le daban el último retoque a sus mejillas antes del clik en los bolsos, el De la Penumbra levantó el auricular de su extensión, llamó a su casa y le explicó a su mujer que más tarde iría, que no lo esperara a cenar, que por cualquier asunto de urgencia le telefoneara a la oficina. Pero la mujer en verdad no lo llamaría nunca, ella estaba en el sobrentendido de que su esposo se encontraba siempre allá, del otro lado del DF, en la gran oficina. En los primeros años del matrimonio sí lo llamaba, primero por inexplicables celos, luego por el aburrimiento que la asediaba sin tener todavía niños y, al último, cuando vinieron, sólo por pura curiosidad, hasta que un día no llamó más. Esperaba el cotidiano telefonazo de él para después proseguir con los quehaceres de la casa, dormir niños, preparar el recalentado, quitarse el maquillaje que su esposo no vería, esperar el ruido de la cerradura viendo la televisión y recibir apaciblemente al Hombre de la Penumbra. Pues en el fondo era muy buen hombre; los fines de semana iban al campo, tenían hasta dos autos, a veces la llevaba a algún cine a la última función. La presentaba orgulloso en las fiestas de los compañeros de la oficina. En estas reuniones ella lo admiraba, ya que su esposo siempre tenía una anécdota que platicar o un comentario exacto sobre cualquier tema; era sabio debido a sus lecturas anuales en los Compendios de los Acontecimientos más Importantes del Año. Es más, el De la Penumbra siempre ha tenido las fotografías de su esposa y sus tres hijos al frente del escritorio. Es decir, acepta ser un hombre casado.

Después de aquel telefonazo vespertino-nocturno, El Hombre de la Penumbra se fue despidiendo de sus empleados, que él llama "mi gente", y de los otros compañeros, hasta irse quedando solo entre las densas sombras, ya que los empleados de Intendencia van apagando paulatinamente las zonas que se desocupan y dejan, al último, la de nuestro hombre, quien comienza a habitar ese espacio infinito de la extensa noche sin tiempo. En tanto se acercan las diez de la noche desde fuera de la oficina, él revisa un documento que prácticamente se sabe de memoria y al cual llama "mi proyecto". Luego, en tarjetas y tarjetitas dibuja perfiles de mujeres semejantes a las de las revistas femeninas, perfiles que aprendió a dibujar en algún manual que podría titularse *El rostro de la mujer en diez fáciles lecciones,* o reproduce los personajes de las tiras cómicas de su infancia para regalárselos a su hijo más pequeño, o ensaya su caligrafía, o realiza hileras eternas de números. Pero lo que más le agrada es tener únicamente extendido el brazo sosteniendo el lápiz amarillo en actitud de estar escribiendo, sus ojos puestos sobre la tabla del escritorio, o mirando los ventanales como si los ventanales tuvieran en sus vidrios un grandioso pequeño mundo al cual hubiera que descifrar sólo durante las noches. Y no se impacienta: "guardar la calma" es otro de sus preceptos fundamentales.

En su no tan remota juventud, era ya un acabado hombre formal, distinguido, elegante, caballeroso. Los jefes a cuyas órdenes él trabajaba, en múltiples ocasiones sufrían íntimas vergüenzas porque más bien ellos parecían los subordinados. Por aquel entonces fue que tomó las costumbres noctámbulas, puesto que representaban "un punto a su favor", como él decía intentando convencer a "su gente", refiriéndose a los sistemas de trabajo que enarbolaban sus jefes. Desde luego que dicha actitud le trajo con el tiempo felices frutos porque llegó a ser Jefe de Departamento, luego Subdirector, hasta que, años más tarde, ascendió a Director después de la sorpresiva renuncia del que fuera su antecesor. El Hombre de la Penumbra duró seis meses en el cargo, quizá el tiempo más glorioso de su vida, hasta que fatalmente vino el cambio de administración, y de una sola caída regresó hasta su antigua Jefatura de Departamento, ese lugar jerárquico donde todavía se encuentra. Desde entonces su mujer lo admira más, aunque con cierta inconfesada tristeza, al ver la paciencia y el empeño de su hombre.

A pesar de aquel abrupto descenso, siguió vistiendo con la mayor pulcritud, sus modales fueron siempre los de un caballero y nunca reclamó nada; su lenguaje continuó siendo el de la sabiduría de los compendios, del cual gustó por influencia de algún tío parlanchín o de un decadente abuelo administrador público o privado. La costumbre de "echarse puntos a su favor" prosiguió hasta las diez de la noche de todos los días laborables. A ciencia cierta, sabe que los jefes regresan a la oficina después del horario normal debido a cualquier asunto que sus demasiados compromisos no les permitieron resolver. O sabe que la rendija de luz al pie de la puerta de su jefe inmediato o mediato se transformará de improviso en un gran rectángulo de luz y humo, mientras se escuchan voces que ríen y platican desenfadadamente y que se convierten en tres o cuatro hombres de portafolios que salen, en tanto uno de ellos se desprende del grupo y se acerca al recodo de canceles donde se encuentra la escultura que representa nuestro hombre, quien escucha:

—¿Qué está haciendo aquí, a estas horas, Rodríguez? —dice el jefe al tiempo que pone un brazo sobre el hombro del De la Penumbra, despidiéndose de él para irse a reunir con los otros.

—Ya me iba —explica inútilmente Rodríguez, pues el jefe mediato o inmediato ya no lo escucha.

El Hombre de la Penumbra vuelve su mirada hacia los ventanales, pensando todavía que en cualquier momento puede regresar el licenciado. Su brazo seguirá extendido como si escribiera, desde el cielo oscuro del Distrito Federal entrarán las diez de la noche; Rodríguez se levantará de su silla giratoria, se abrochará el segundo botón de su saco gris y, con pasos seguros, distinguidos, se dirigirá a donde lo espera su mujer.

RADIO PALMERA

Cuando uno se sube a un taxi y escucha la extraña estación que trae sintonizada el chofer, cree que la radiodifusora ésa acaba de salir al aire. Luego de algunas cautelosas preguntas al respecto, el taxista responde que la ha escuchado toda su vida, con lo cual éste se disgusta y uno se apena. Con el ánimo de lavar la culpa en la intimidad, ya en casa uno busca por todo el cuadrante a Radio Palmera y no encuentra nada. Primero piensa que son radiodifusoras exclusivas de los taxistas, pero luego se convence de que así como es imposible conocer toda la ciudad, lo mismo sucede con sus estaciones de radio, sean o no de AM o FM.

EL HOMBRE DE LAS LLAVES

Si todavía no le sucede, tenga por seguro que no está muy lejana la ocasión en que escuchará su infernal tintineo: todos, en algún momento de nuestra vida, nos toparemos fatalmente con El Hombre de las Llaves. No deseamos imaginar que, de niño, este sujeto sintió una viva atracción, dominado por fuerzas incontrolables, por la llave de cobre de la vitrina de la abuela, ni que la cerradura vieja del portón era para él un ojo maravilloso y truculento por el que más que mirar vigilaba al vecindario, ni que durante largas noches sufrió a solas los encerramientos de que fue objeto por la madre ausente o mientras ella, en el cuarto de junto, se dedicaba a las voluptuosidades a que toda mujer tiene derecho. Tampoco queremos imaginar que a la edad de quince años El Joven de las Llaves era ya todo un hombre hecho y derecho, inclinado por los acertijos de aritmética y por el orden indescifrable que guardan los objetos en una habitación a oscuras, joven conspicuo, de mirada torva, ajeno a la sonrisa espontánea y a la aventura adolescente; en fin, no deseamos imaginar que para entonces había reunido ya una envidiable y bien clasificada colección de las más extravagantes llaves, porque es probable que los acontecimientos no se dieron precisamente así y a lo mejor la llave no era de cobre ni pertenecía a la abuela, o la cerradura correspondía a la recámara de su madre y la colección resultaba un mediocre atado, pero en especial porque sería injusto asomarnos a una biografía tan íntima y secreta como la cerradura más pequeña del mundo.

Pero sí podemos suponer que los llaveros jugaron un papel decisivo en la infancia de este hombre.

En rigor, la única certeza de que disponemos es su conducta y sus costumbres actuales. El Hombre de las Llaves tiene vocación de almacenista, cajero, auditor, conserje, secretario y de cualquier oficio o profesión relacionado con la

27

contraloría interna o externa. El puesto que ocupe dependerá no sólo de sus inclinaciones por el control y el óptimo uso del presupuesto, de su nivel social y sus altos conocimientos en materia de metales, sino también de los "contactos" que pudo entablar en las diversas sociedades de alumnos, de las que fue destacado participante, y también en los distintos organismos por los que ha transitado saliendo siempre "bien parado".

Hace su arribo a la oficina casi siempre a la hora del almuerzo del personal. El fuerte taconeo de sus pasos y el infernal tintineo del llavero que pende del cinturón, sobre el ajado y eterno pedazo de cuero, anticipan que llegará en unos cuantos segundos. Antes de acercarse a su escritorio, lanza una mirada de lince hacia tarjeteros, anaqueles, reloj registrador, el cárdex, así como a los empleados, quienes, con un bocado que les deforma los cachetes, quisieran esconder la torta o la quesadilla en turno. Pregunta si no hay recados para él y saluda a la turba dando grandes voces, las mismas grandes voces de todos los días.

Lo primero que hace es sacar un segundo llavero, por lo regular atado también al cinturón por una cadenita niquelada que se introduce largamente en la bolsa izquierda de su pantalón. Selecciona la llave más pequeña y con ella abre las dos cerraduras del portafolios. De ahí extrae un cerro de folders, facturas, notas de remisión, pólizas de cheques y vales de salida que acomoda metódicamente sobre su escritorio. Después, de una bolsita cosida a la parte interior de la tapa del portafolios, echa mano de otro llavero y ataca de manera ágil las cerraduras de la oficina.

Reparte con rapidez hojas y papel carbón, lápices y plumines, gomas, *korectores,* clips y los últimos *memoranda* y circulares de la institución.

Le fascina el regateo a propósito de un *diurex,* una engrapadora, o de las perforadoras de dos agujeros, objetos muy apreciados para la mejor operatividad del Departamento; discute los tres centavos que pueden dañar el balance mensual de la caja chica. Su autorización para salir va acompañada de una sistemática indagación en la vida íntima del que pretende arreglar un asunto de carácter personal fuera del inmueble. Le fascina reunir documentos en los que aparecen las firmas de todos sus superiores, con los cuales es condescendiente y oportuno, pues tiene la virtud de adivinar lo que se oculta en las frases aparentemente banales de ellos.

Pero donde se desempeña con mayor holgura es con sus subordinados. Si Martínez, pongamos por caso, no lo llama licenciado (aunque a veces no lo sea), o por lo menos no le habla de usted, anteponiéndole el "señor", hay que tener por seguro que Martínez la pasará muy mal, pues se verá en la necesidad de andar pidiendo prestado papel copia, korector y otras cosas vitales. El Hombre de las Llaves le negará la foliadora arguyendo "trabajo retrasado" o descomposturas falsas. Pero lo más terrible es que Martínez irá teniendo menos trabajo poco a poco, lo congelarán, las secretarias le darán la rebanada más pequeña de los pasteles de cumpleaños y al final será un perfecto marginado. Su vida en esa oficina será corta y ni siquiera el sindicato podrá hacer algo por él; ese fin de año fatídico habrá de pasar la más amarga de las navidades, sin el aguinaldo que el De las Llaves le escamoteará a través de complicados y marrulleros trámites burocráticos.

Como los inmutables mayordomos del siglo XVIII, nuestro hombre se rodea de un eventual halo de misterio, cuyas sinuosidades le sirven para tener la caja de ahorros, la cual es pretexto para prestar dinero con réditos altos. Pero en especial, sus maneras conspiradoras le permiten presumir que maneja información valiosa. Aun cuando no sea el jefe, lo mismo se le verá "charlando" a puerta cerrada, que secretearse en el escritorio del rincón o en cualquier pasillo del edificio moviendo su mirada torva hacia distintos puntos. Estas acciones pondrán a temblar hasta al mensajero.

Quien menciona por su nombre de pila a los altos funcionarios y se atreve a contestar el teléfono rojo, gris o negro, no es otro que El Hombre de las Llaves. La voz más potente, segura y sonora, la de él. El que se queda después del horario normal realizando una labor para "antier", quién más que él y un testigo. Al que le toca, por pura suerte, el mejor periodo de vacaciones es a él. A quien los cambios de administración le importan poco, solamente puede ser él. El Hombre de las Llaves es, en pocas palabras, el pilar más sólido de nuestra moderna, simplificada y dinámica burocracia. Desde la niñez guarda en la bolsa secreta de su pantalón la llave mágica.

LAS PATRONAS

a Marti y Pablo Samperio

LAS PATRONAS de las sirvientas son complicadas. Se disgustan por cualquier cosita. Piensan que a cada paso les roban, se burlan de ellas, las espían. No les gusta que las cosas cambien de lugar ni que las sirvientas metan gente a la casa. Odian que la muchacha utilice sus baños, sus jabones, sus peines, el refrigerador, los sillones, las sillas, el teléfono, las camas, el pasillo, la entrada, la salida, las llaves de la casa, al esposo y a los hijos adolescentes. Quisieran tener un ángel maravilloso por sirvienta. Los maridos de las patronas de las sirvientas son más complicados y les da lo mismo esposa, sirvienta, que ángel.

¡OH! AQUELLA MUJER

en honor de Lola Gavarrón

LA MUJER que nos ocupa la nostalgia podría llamarse, con el debido respeto y sin pretender significados ocultos, La Mujer Mamazota. Es mamazota de buena fe y por gracia de su casta. De buena fe porque ella va decididamente al encuentro del piropo mexicano por excelencia: ¡Adiós, mamazota!, el cual se pronuncia con franqueza y energía. Le encanta que se lo lancen mediando cualquier distancia y se lo pongan en el trasero.

Sería infeliz si al abandonar la oficina no escuchara la voz que le da sentido a su cuerpo y a su manera de vestir. Es de casta porque La Mujer Mamazota existe en nuestro país desde tiempos remotos, metamorfoseándose de época en época, aunque en la actualidad se encuentre hasta cierto punto atrofiado su proceso.

Muchas mujeres jóvenes cuestionan el devenir de tal casta y abominan el piropo que a las otras excita. Incluso hay algunas que en la forma de vestir se colocan en el austero polo contrario, aliándose radicalmente con la naturalidad y ocultas en blusones, faldas amplias o en vestidos de gran vuelo que les desdibujan el cuerpo. Sus rostros se dibujan inalterados, en la precisión de sí mismos y la nitidez de unos ojos sin rímel.

Por su lado, La Mujer Mamazota utiliza un aerodinámico y siempre bien apretado corsé o brasier de peto largo que disimula la escasez de cintura. Al presionar sobre la parte media del cuerpo, este artefacto compuesto por telas y varillas destaca sobremanera los pechos, verídicos bajo las medias copas adornadas en sus bordes por delicado encaje. La blusa tiende a ser escotada, transparente o medio neblinosa, pero la uve del escote siempre mostrará la delgada y provocativa línea que

33

forma la unión de los senos. El carmín de la boca, las discretas chapas coloraditas y el tinte rubio o pelirrojo en la esponjada cabellera son gracias de su aspecto definitivamente encantadoras.

Volviendo a la imaginaria cintura, lo cual no implica ausencia de una interesante cadera, de allí parte una falda entallada que sistemáticamente remata arriba de la rodilla, una o dos pulgadas; de manera ocasional aparece una abertura de alrededor de cinco pulgadas que permitirá que el muslo izquierdo se exhiba y se oculte al caminar. Venciendo las dificultades que impone el mercado de la lencería para conseguirlas, las medias necesitan ser de costura, o en su defecto simplemente negras, de malla o figuritas geométricas. Los zapatos, elementos de largo y meticuloso razonamiento, buscan la punta afilada y los hay de tacón de aguja, sin demasiada greca ni florituras inútiles; son de distintos vistosos colores. Sobre ellos se para, camina y contonea la portadora de tantos y justos primores, haciéndose realidad el piropo más profundo de la muy noble y leal Ciudad de México. La Mujer Mamazota es una caricia verbal que ha cobrado vida, un sueño vaporoso y bien modulado que recorre nuestros inmuebles antiguos y modernos.

Aunque a primera vista, o según ciertas coléricas opiniones, parece una mujer simple, su personalidad es compleja y merece todo el respeto del mundo. Tradicionalmente se ha puesto en relieve su aspecto negro, maldito, vampiresco, ligero. Y lo tiene, no puede ni pretende soslayarlo; si no, al instante dejaría de ser La Mujer Mamazota. Que ha sido protagonista de uno o varios dramas familiares, que ha provocado desastres o profundas diferencias entre varios jefes de departamento, incluso que ha sido causante de algún accidente automovilístico, nunca, nunca lo va a negar; al contrario, son las anécdotas oscuras que hacen el contraste en su largo collar de varios hilos. A ella no le gusta el chisme a medias, no; conoce al dedillo la vida de media Secretaría. Ha participado tanto en la planilla roja como en la verde, en la dorada como en la azul, en la rojinegra como en la naranja, de ahí sus incontables dones de conspiradora efectiva.

No se tienta el corazón para criticar los abusos de un jefe, o para tumbar de su puesto a una secretaria estilista y elitista que se sienta "la muy muy", o para poner en ridículo a cualquier empleado que se quiera pasar de listo. Tiene y renueva relaciones con todos los departamentos, las subdirecciones, direcciones y en algunas asesorías; relaciones que ¡cuidado! puede poner en acción en cualquier momento, para bien o para mal.

Sin embargo, su aspecto blanco, dócil, bonachón, tierno y admirable pocas y pocos se detienen a verlo. Por principio, a ella le gusta decirle sus verdades hasta "al más pintado"; es decir, no es hipócrita, cualidad que le ha provocado más enemistades de las que en realidad debería tener. Cualquier vendedora de joyas de fantasía, ropa íntima o ilícitos objetos del exterior, hace su agosto en el escritorio de La Mujer Mamazota, pues ésta no sabe decir no a este respecto ni a otros respectos. Es solidaria y preocupona para con sus compañeras de trabajo; alienta y protege a las engañadas. Orienta y aconseja a los bígamos metidos en problemas; concilia y reconstruye amores devastados. Es amistosa con el personal de Intendencia y con los mensajeros; organiza tandas para ofrecerle el primer número a la que ha enviudado, a la que tiene algún pariente en el hospital, o a la abandonada con cuatro o cinco hijos. En fin, muchos la quieren, la siguen y la admiran, aunque muchos la critiquen, la vilipendien o la detesten.

Diversos aspectos, en pro y en contra, podrían mencionarse a propósito de esta mujer con personalidad compleja y respetable, tal que soporte un marido altamente celoso o engañe a su "buen hombre", que haya permanecido soltera toda su vida o que les dé carrera a sus hijos, a pesar del temprano divorcio.

Pero, por último, aquí sólo se hablará de un tercer aspecto, muy delicado: el erótico.

Cuenta, en primerísimo lugar, con su *sex-appeal* de mamazota, hecho que le abre el firme camino hacia la seducción, aunque su actitud no siempre es la de la conquista. Su presencia se aproxima un poco al sueño escultórico, a la mun-

dana necesidad por lo eterno, en una persistente lucha contra
el implacable transcurrir de la vida.

Bien, una vez que se interesa por el hombre que podrá
recibir sus primores, avanza decididamente, apenas razonando
en propósitos concretos, actitud que a veces ocasiona en él
miedos, tartamudeos o regresiones contundentes a la infancia.
Llega ante el predestinado como por descuido, lo ataca serena-
mente con un escote mayúsculo y se le acerca a muy poca
distancia. Hincha y deshincha los senos de manera sutil pero
sistemática, la línea que ellos forman cobra vida, se aclara
y oscurece, y se clava en el centro de la mirada del que está
siendo seducido. Una vez que los pechos han realizado su
labor, cesa la dilatación y los aleja; avergonzada y disculpán-
dose con monosílabos apenas pronunciados, hace intentos
infructuosos por dibujar con los bordes de su blusa transparente o medio neblinosa una uve minúscula. Hace como que
se fastidia de la manifestación de tales pudores y da a entender,
con un mohín de disgusto y un chasquido de boca, que a
final de cuentas ya existe confianza entre ellos. Toma asiento
cerca de él, cruza la pierna izquierda, cuya pantorrilla balancea rítmicamente con el fin de mostrar y esconder el
encuentro de la media con el firme tirante de un liguero
negro. En el transcurso de la charla sus labios modularán pu-
cheros sensuales, sonrisas infantiles, mordeduras accidentales y
adjetivos grandilocuentes. Sus manos tocarán al excitado in-
terlocutor en el hombro en plan de íntima confesión, en el
brazo luego de una ocurrencia humorística, en los muslos en
plan de chisme sexual, hasta que naturalmente termina por
quitarle las motitas del saco, centrándole a la perfección el
nudo de la corbata.

Así, pues, con dos o tres encuentros como el anterior, el
hombre quedará sensibilizado, convencido y se garantizará la
primera cita entre ellos. Lo que vendrá después, la maravilla
o el fracaso, únicamente la pareja lo sabrá.

Vale decir en este final que algunas gentes de su oficina
cuestionan los aquí pormenorizados procedimientos de la mujer; no obstante, otras opinan que son justos, arguyendo que

no siempre el hombre debe ser el de las iniciativas. Pero quizá exista algo triste y descorazonador: diversos síntomas sociales parecen indicar que en estos momentos el proceso de La Mujer Mamazota se encuentra metido en un serio atrofiamiento.

TERCA REDONDEZ

a Virginia y Bernardo Ruiz

CALVOS, imprudentes y cínicos, cabeza de coco, de banqueta a banqueta asoman sobre el pavimento los topes. Necios, en hilerita, oreja con oreja, son la urticaria eterna del chapopote. Uno los supone primitivos hombres de fierro enterrados hasta las cejas, siempre sumisos, sabedores de la tierra y las lombrices, firmemente inquietos en el día, con redondos sueños de hule durante la noche. Son el otro rostro perfecto de los baches.

EL GUERRERO MALIGNO

a Tomás Mojarro

FRENTE al reloj checador está el hombre; los brazos en cruz, convertido en piedra. Su temible bigote, dos guiones negros sesgados sobre labios menudos; la mandíbula tiesa, celo atosigando el paladar, injuria entre dientes. Vigila con cinismo, su impiedad asoma del ojal desde una flor ridícula; guerrero maligno, personaje burocrático de pincel muralista, su corbata pende semejando negra víbora muerta. El hombre: tótem del horario perfecto, los números del reloj tallados en el cuerpo. Jefe.

Los que llegan a checar, en tropel, de piernas ágiles y torpes por la urgencia, el apelotonamiento. La habilidad en el manejo de la tarjeta y remanso en el semblante porque los números no salen rojos. Después, los empujones y lo sofocador, ruptura de la decencia, los chines y chingaos porque los números no pintan azul. Señal de amenaza futura.

Así principia el día de trabajo, así los escritorios y los restiradores se llenan de palabras parloteras, pero lívidas, amarillentas por el encierro largo. Palabras sencillas, cotidianas, las de la chorcha y el relajo, aunque desportilladas, rancias palabras.

El Guerrero Maligno, menos tenso, menos tótem, aún en el saco azul marino la flor de la impiedad, supone la ausencia de trácala, todavía jefe. Medio ufano, es más, porque la tinta del tiempo se ha puesto escarlata; sobre todo porque surgirá, certera y rauda, la negación del transcurrir, la intolerancia de la empresa. La máxima expiación justa a la dejadez.

Cuando aquel edificio de oficinas era más silencio que palabras, El Maligno dominaba el espacio, casi amo absoluto; entre la cúspide y él no había aún papeleo de montaña ni tiempo imposible. Suponía que durante el espigamiento de la

41

torre, él iría quedando más en la punta, más en la frase que fulmina, más en el mando de administrativos y dibujantes, El Maligno suponía.

Por ese añejo entonces este hombre representaba el cedazo, el sí y el no tatuados en su frente; en sus puños se atoraban los del dibujo chueco, los que se extraviaban en la cuadrícula de los formatos administrativos. Tristes ante el nunca jamás, incrédulos del quizá más adelante. Sugería, recomendaba, intuía, organizaba, influía. Hasta se le llegaron a notar procederes de aplaudir, para qué negarlo. En mañanas despejadas a veces se ponía encubridor y sonrisas en la mandíbula de piedra, rumoran los que empezaron con el asunto de la tinta china y las escuadras. Tenía la olla por las orejas, rumoran sin desdecirlo.

Otros tampoco desdicen que mucho antes fue propietario de una fabriquita, una cosa de nada, pero suficiente para imaginar empresa seria y grande, mediando el tiempo y el buen tino, desde luego, no desdicen. Negocio de zapatos o portafolios, de bolsas o chamarras, pero negocio de cuero, es seguro.

Una sorpresiva inflación fue la responsable, una inflación despiadada y menos perdonadora; contracción del mercado y desvanecimiento de créditos. Vinieron luego la deuda grande, la hipoteca y el penoso *crak* del Maligno. Y la fabriquita ya ni fabriquita fue.

Un conocido de trasmano, un golpe de suerte y una charla de bar lo detuvieron en el aire y lo instalaron en este edificio de oficinas. Él mismo platica en brindis de borrachera y buenos deseos que mandó comprar el moblaje y los instrumentos. Que le dio la bienvenida al primero y a muchos, que la cúspide le hablaba confianzuda, agarradora del hombro.

Pero rumoran también que el pavimento no dura parejo tanto tiempo. Aquello se volvió negocio importante, el petróleo se transformó en personaje central, hasta le echaron tres pisos más al inmueble. La torre creció y crecieron los anhelos del Guerrero Maligno; sin embargo, hubo también mucho hombre de cuello blanco que se montó sobre él. Ahí prosiguió el despeñarse del Guerrero, ahí empezaron a engen-

42

drarse el tótem y el alma de fierro del hombre, la injuria entre dientes.

De la noche a la mañana transformado solamente en perro vigía, malinforman algunos. Perro custodio, perro avizor de propietario traicionero, perro que no pudiendo morder al amo avienta la tarascada al vecino, así de terrible, malinforman.

Para qué hablar de su oficinita entre el laberinto de puertas, de su sistema de espionaje, de su pequeña hueste indigna. Para qué penetrar en la negación del tiempo, para qué seguir con esta desagradable historia.

PELIGRO DEL ARTEFACTO

a Carlos Montemayor

Aunque no lo crea, existen largas agujas cubiertas de una pelambre menuda y múltiple que se introduce por un camino tubular que desemboca en una pequeña cavidad abierta al cielo donde algunos hombres echan ciertas hebras de tabaco negro o rubio, inglés, norteamericano o nacional, aromático o discreto, por lo regular indiscreto. La aguja entra y sale en varias ocasiones de manera turbia y meticulosa hasta que en su salida final la pelambre se oscurece y su olor se vuelve insoportable para la generalidad de los hombres y para todas las mujeres. Algunas personas imaginan que esos artefactos curiosos de evidente largura pueden ser utilizados para limpiarse los oídos y eliminar así pensamientos ámbar que a veces nos escurren. No lo intente, pues el alma sin pecados es una sábana limpia y sus enemigos tendrán ante sí el terreno abierto.

EL HOMBRE DE LAS BARATAS

LA MEJOR época para las actividades pendencieras, las intromisiones descaradas y las pequeñas fechorías del Hombre de las Baratas, es la de la inflación más alta, el precio del barril de petróleo buceando en las profundidades del Golfo de México y el dólar subiendo la cima del Popocatépetl. Época donde la angustia colectiva se convierte en préstamos discretos pero desesperados, estiramientos monetarios, visitas embozadas al Monte de Piedad y al agiotista; en portaviandas solitarias y sángüiches coléricos.

El Hombre de las Baratas es un buen conocedor de las frases que en esos tiempos largos ocupan la cabeza de la primera plana periodística: flotación, amparo agrario, liberar cambios, régimen de tenencia, onza *troy* y otras igualmente complicadas. Las esgrime en la oficina, las fiestas familiares, la cola del cine, o en la cantina, y que nadie lo ponga en duda: siempre saldrá triunfante de la discusión. Sabe "los particulares" de las casas de cambio, dice mantener relaciones con sacadólares, moverse a la perfección en el mercado negro y en el de la fayuca. Siempre turbio y vanidoso, argumenta percibir un sueldo "no menor a cuatro salarios mínimos, ni lejano de siete". Viste elegante ropa del exterior y no se cansa de pellizcar imaginarias pelusas de un pantalón gris de casimir ni de sus diversas chamarras de gamucita. Sus zapatos relucen hasta en la oscuridad; parecieran tener luz propia. Es diestro con el palillo de dientes y, por lo regular, sonríe de lado, haciendo brillar una malévola mirada.

Aunque no suele vivir en un departamento muy amplio, lo tiene repleto de adornos, aparatos y muebles. La cocina quizá sea la más complicada y barroca; en ella hay una gran variedad de cuchillos y cacerolas, abrelatas y destapacorchos automáticos. Olla express de superpresión, cafetera eléctrica, horno de microondas; máquina lavatrastes, rebanadora de cuchillas intercambiables, sartenes con doble teflón. Licuadora

47

que tritura-hace puré y jugo-pica hielo-muele café, y multiplicidad de trastes y cubiertos, además de una alacena muy completa de la cual pueden salir lo mismo caracoles del Golfo Pérsico que sardinas y ostiones españoles. En su recámara, también más o menos sofisticada, se encuentran varias bocinas (diminutas, medianas y grandes de autocontrol) del complicado sistema de sonido que se diversifica desde la estancia; lámparas chinas (una de ellas conectada a un reloj que la enciende y apaga con regularidad para ahuyentar a los rateros mientras el hombre está ausente); un reloj-despertador-tocacintas-radio-calculadora, televisión a colores (control remoto y cablevisión), *videocassetera* (cajones llenos de películas, la mayoría pornográficas y de misterio), teléfono inalámbrico, cobertor eléctrico y colchón de agua. En la estancia, además de los cinco o seis aparatos del sistema de sonido, hay otras lámparas chinas, televisioncita a colores, muebles modulares, cuadros con reproducciones de pintores surrealistas e impresionistas; un mueble mandado a hacer para su colección de juguetes eléctricos (especialmente robots) y pequeños móviles inquietos, libros, discos, *cassets* y un simpático universo de adornitos de fierro cobrizado. En el baño, exceptuando la báscula japonesa, casi todo es eléctrico: la regadera, la rasuradora y un aparato para rebajar llantas. Cuando alguien visita al Hombre de las Baratas, enfrenta gran dificultad para desplazarse en aquel laberinto: podría destruir cualquier objeto o quedar electrocutado en algún punto de la compleja red de conexiones y cables eléctricos.

El Hombre de las Baratas presume de tener múltiples amistades, pero los que lo conocen dudan antes de afirmar que son sus amigos, si no media "un riesgo compartido" con él o le deben un favor inconfesable. Sin embargo, nuestro hombre parece no darse cuenta de tal situación; o porque se percata de ella, hace su simpático y oportuno arribo a la casa de cualquiera de sus "amistades".

—¡Buenas! —dice al poner el primer pie en casa y, como se siente de la familia, a nadie saluda de mano.

Llega simulando una visita común y corriente, pero desde que le abrieron la puerta y asomó su malévola mirada sobre el hombro del anfitrión, sus ojos, semejantes o más agudos que el radar de los murciélagos, se han puesto a trabajar. No tarda demasiado en coger su objetivo. Se sienta plácidamente, prende un cigarro extralargo y comenta, digamos:

—Bonita la tele, ¿eh?

—Al gusto de la patrona —explica el jefe de familia hinchando el tórax en señal de orgullo—. En la mañana se la trajeron.

—De quince por doce pulgadas, grandecita, ¿verdad?

—...Sí... —miente porque nunca se preocupó por las medidas.

—¿Admiral?

—Sí... —responde con certeza el jefe de familia, deshinchando el tórax al sentirse un poco ridículo.

—Ya decía yo. ¡No podía fallarme! ¿Cuánto?

Antes de responder, el interrogado duda entre dar la cifra verdadera o mentir, presiente algún peligro; pero ya torpe y contrariado, al cabeza de familia no le queda más remedio:

—Ocho —su voz es apenas audible.

—¡Qué bárbaro! —exclama el De las Baratas, llevándose las manos a la cabellera bien acicalada y hace la mímica de despeinarse—. El mismito modelo lo vi en seis la semana pasada y hasta te regalaban un tostador. ¡Hombre, me hubieras avisado!

El anfitrión no sabe qué decir; la tristeza y la rabia le roban las palabras. Desea no haber abierto nunca la puerta o correr al intruso o simplemente golpearlo. Sabe, además, que desde la cocina la "patrona" ha seguido la plática y luego de que se largue el intruso, ella arremeterá contra "el patrón". Mientras tanto, el visitante ha comenzado una larga cátedra sobre aparatos eléctricos, nacionales o de fayuca, con la finalidad de aleccionar para el futuro a su estafado amigo. Citará marcas, dimensiones, características técnicas, ventajas y desventajas, malos y buenos precios, porcentajes e impuestos, sitios y temporadas "clave" para la compra oportuna. A punto del llanto debido al coraje retenido, la señora tendrá que ofrecerle un café que él pedirá con un poquito de crema, lamentando la ausencia de galletas holandesas; encenderá otro extralargo y mostrará ininterrumpidamente su cínica sonrisa ladeada.

Cuando El Hombre de las Baratas sabe a ciencia cierta que sus víctimas se encuentran completamente abatidas y a punto de correrlo, se quita del pantalón algunas invisibles pelusas. Ahora sí, efusivo, se despide de mano del cabeza de familia y, antes de poner el pie en la calle, grita:

—Hasta luego, seño. Bonito su aparato...

Todavía se detiene un instante, con medio cuerpo fuera, toma de un hombro al anfitrión, y en tono compungido y cómplice, dice:

—Para la otra, avísame; con confianza. No faltaba más —y sale chiflando alguna canción puesta de moda por el festival de la OTI.

Hay, sin embargo, una pregunta difícil de responder: ¿Cómo se enterará El Hombre de las Baratas de cada nueva adquisición que realizan sus conocidos?

MENUDOS FUEGOS

Las cajas de cerillos vacías son hermosas, da lástima tirarlas porque son como una prolífica madre huérfana. Los cerillos son simpáticos, tan terribles como un incendio.

EL MURO DE LA IGNOMINIA

Nosotros trabajamos en el *mezzanine* de un edificio muy moderno; quince pisos, construido en la avenida Insurgentes Centro. En ese lugar había una casa vieja de dos pisos, de esas que están llenas de garigoleos y columnas de todos tipos, con un jardín bien trazado y una fuente de azulejos donde remata un angelito que detiene en hombros el cántaro del cual brota agua. Bueno, pero lo que ahora importa son nuestras oficinas modernas, adecuadas al dinámico personal que las ocupa: nosotros. Los cubículos de los jefes son acogedores y funcionales, las paredes están recubiertas de corcho, los escritorios y los archiveros son de madera siena, sus vetas oscuras resaltan alegremente. Tenemos aire acondicionado; de las bocinas ocultas surge siempre la música apacible y enriquecedora de *Radio-Mundo*. Aunque nosotros no alcanzamos cubículos, asunto que no dejamos de lamentar, nos dieron lo que llaman módulos, de canceles desmontables y hechos de la misma madera de los muebles de los jefes. De un cancel largo se sujetan delgadas paredes creando apartaditos que poseen un librero, una gaveta de puerta corrediza, una mesa de trabajo y luz de neón. Tienen además un archivero con rueditas para moverlo a gusto; sobre su cubierta ponemos nuestras máquinas de escribir. De estos módulos —que preservan la intimidad y vuelven más dinámicos a los grupos de trabajo— hay bastantes; pero no hace mucho tiempo el espacio entre línea y línea de módulos se redujo.

Nosotros somos los técnicos o tecnólogos, los especialistas que realizamos el grueso del trabajo; aunque sin la dirección de nuestros jefes seríamos especie de computadoras sin programa. Vestimos trajes de casimir y corbata; últimamente se ha puesto de moda el chaleco, el cual nos hace ver más distinguidos.

Un día de enero, a media mañana, vimos aparecer a un hombre obeso. Vestía un traje azul eléctrico, de evidente fibra

53

sintética y solapas amplias; una blusa rosa pálido. La corbata era ancha de flores azul marino y verde limón; calzaba botines *beige*. En el rostro, gordo y trigueño, nariz aplastada, sobresalía un mostacho espeso formado por dos negras medias lunas acostadas panzabajo. Parecía el gerente del Circo Atayde o uno de aquellos antiguos vendedores de jarabes y víboras disecadas.

Sin dirigirle la palabra a nadie, midió los espacios entre columna y columna, utilizando una cinta métrica de carrete; dibujaba y escribía sus descubrimientos sobre un pequeño papel. Pasó y volvió a pasar entre los módulos sin dignarse mirarnos. Después de un rato, partió hacia donde vino.

Inmediatamente varios fuimos a deliberar con los jefes, quienes, afligidos, nos informaron que las autoridades superiores habían descubierto que teníamos bastante espacio de sobra y, debido a ello, tendríamos que ceder parte a otro Departamento. Media hora después de esta plática llegaron varios hombres de overol gris y, en pocos minutos, desmontaron y montaron los módulos, arrinconándonos hacia el sur del primer piso. Así dejaron vacía la tercera parte de nuestro territorio. Los de overol se fueron como vinieron, rápido y en silencio.

Al día siguiente, muy temprano, todo mundo en la oficina vio levantarse el muro del norte. Nadie pudo detenerlo, ni evitar que otro siglo apareciera en nuestro siglo con sus láminas sucias y aquellos legajos de tapas rojas que parecían tener fórmulas terribles para detener el tiempo, o para transportarlo hacia una hora enloquecida. Todos miramos deambular a esos misteriosos autómatas, invasores; manipulando los objetos traídos por los hombres de overol gris, construyeron la tapia de fierro y papel, ese muro que, súbitamente y por acuerdo colectivo, empezó a llamarse El Muro de la Ignominia.

Al principio, cuando por instrucciones del gerente del Circo Atayde incluso desmontaron un vidrio del ventanal para que el otro siglo entrara sin dificultades desde Insurgentes, nos consternamos entre temerosos signos de interrogación. Estas preguntas implicaban también disgusto y deshonra porque

54

nunca nos imaginamos, desde nuestros chalecos bien confeccionados, que la aparición de un mundo aparentemente extinto nos conmocionaría tanto. Muchos rememoramos las historias y leyendas infantiles que nos divertían y asustaban. ¡Cuántos, en nuestra niñez, no anhelamos hacer un viaje hacia el misterio de casas desvencijadas! Pero al ver que ese antiguo deseo se hacía realidad sin que nadie lo hubiera invocado, la memoria infantil de muchos de nosotros se estrelló contra El Muro de la Ignominia.

Después de que desaparecieron los del overol observamos, ya menos sorprendidos y aceptando la fatalidad de las fórmulas de los legajos, los nuevos movimientos de aquella gente vestida al gusto del hombre obeso. Iban de un vetusto escritorio a otro como si una maquinaria enmohecida manipulara sus movimientos, casi muñecos de cera orientados por una brújula maldita. Se movían sin importarles nuestro entre maravillado y rabioso mirar, con la misma desfachatez del vendedor de víboras disecadas; parecía que ellos, usurpadores de este siglo, hubieran estado siempre en nuestra oficina, en nuestros anaqueles, en nuestros pantalones sin manchas, en nuestros escritorios sin polilla, en nuestras libretas sin telarañas, en nuestros trajes tan a la moda. Como si ellos fueran los especialistas.

Mientras el muro fue creciendo durante los días siguientes, fuimos testigos de varias rarezas. Una mujer de amplio trasero, sin edad precisa, utilizando quién sabe qué artificios, extraía de una misteriosa bolsa, hecha de una tela semejante a la de la corbata del vendedor de jarabes, una gran variedad de alimentos y líquidos. Fue poblando de comida algo que alguna vez fue escritorio o *secretaire*; otras mujeres, unas muy altas y flacas o bajitas y rechonchas, pero todas con el rostro enharinado, se arrastraban hasta el sitio donde la primera organizaba un verdadero festín. Y comieron y hablaron y hablaron y comieron durante un tiempo que a todas nuestras secretarias les pareció larguísimo.

El muro estaba a punto de llegar al borde cuando, entre los hombres que traían sacos chillantes y solapas demasiado anchas, descubrimos a un ser ínfimo, fusión de enano y hombre pequeño, medio calvo y de teñido pelo hirsuto. Sonreía siempre como si un adivino estuviera contándole ininterrumpidamente asuntos jocosos; detrás de sus antiparras, dos pequeñas oscuridades parecían alumbrar una loca pasión que con el tiempo se transformó más en loca, que en pasión.

¿Por dónde entraba y salía aquel ser ínfimo? Nadie pudo responder. ¿Cuánto tiempo tenía ese polvo sobre las grandes hombreras que a muchos nos recordaban el cuarto de los triques y las viejas tiendas de La Merced? Nadie pudo imaginar un tiempo exacto. Entonces, ¿en cuántos pronunciamientos y refriegas había participado o dejado de participar? Esta cantidad tampoco fue posible calcularla.

Preguntas similares a las anteriores y otras aún más extrañas nos íbamos formulando a propósito de los miembros de esa cofradía fantasma, preguntas a fin de cuentas fáciles de imaginar y difíciles de responder. Pero, ahora, quizá valga la pena referir otro detalle. Por el último resquicio del Muro de la Ignominia fuimos testigos de un hecho que podría llamarse ahistórico o de ilusión óptica, ¿quién lo sabe? Se encontraba, hacia los ventanales de la gran avenida, un sillón giratorio amarillo fosforescente, de estilo más o menos victoriano, que nadie ocupaba; a intervalos algo constantes, quizá precisos, se movía solo. A lo mejor la conciencia de aquellos individuos se sentaba en el sillón y lo ponía en movimiento. A lo mejor nunca se movió, pero muchos atestiguamos lo contrario.

El muro quedó terminado; los dos siglos volvieron a estar distantes. Los seres de uno y otro lado nos sumergimos nuevamente en nuestros quehaceres. Con el paso de las semanas, el muro dejó de ser el De la Ignominia y pronto los técnicos empezamos a llamarlo El Muro. Es probable que, detrás del fierro y el papel, a ellos les zumben las orejas de parafina.

II

II

EL TIEMPO

EN EL Distrito Federal, cuando amanece, amanece. Pasa lo mismo cuando anochece. La tarde siempre está quieta, apresada, entre lo inevitable y los edificios.

EL POSTE

PARIENTE lejano de la antigua señal de caminos y nieto del farol, el poste es uno de los personajes más trascendentes del Distrito Federal. Sería injusto hablar de la Ciudad desentendiéndose del poste, ese elemento fálico y obsceno sembrado por calles y avenidas. En los viajes por tren es la memoria de lo que abandonamos y el aviso de lo que nos espera, y aunque sentimos que los dejamos solos en el campo, más bien se acompañan entre sí y nos guían hasta los andenes. En pocas palabras, en la vegetación sabemos del sueño de concreto y chapopote debido a los postes, quienes no sólo se transmiten mensajes y energía eléctrica, sino que ellos mismos son mensaje y luz, de ahí su lejano parentesco con la señal de encrucijadas. Sin ellos, la Humanidad se hubiera extraviado más de una vez y sus habitaciones seguirían alumbradas por llamas débiles o luces tóxicas. Son un ejército multitudinario.

El poste es noble compañero, servicial, serio, además de otras peculiaridades que se describirán más adelante. Su filiación política es ambigua: colabora con todos los partidos. Es condescendiente con el *graffitti* y el anuncio de la iniciativa privada. Si pudiera hablar, contaría las historias que los grupos de amigos se platican en las altas horas de la noche, denunciaría los crímenes que se han cometido a sus pies, o triste nos describiría la figura brumosa de los hombres desesperados que atraviesan sin rumbo definido la oscuridad pues perdieron a su mujer en una reyerta de celos y contracelos. Ah, si el poste pudiera escribir, hablaría emocionado de las mujeres de vestir provocativo que van y vuelven al mismo poste siempre con distinto hombre y sabríamos lo que platican entre ellas, lo que las hace felices o las intranquiliza. En este sentido, el poste es un espigado lince, atento y agudo ante lo que transcurre a su alrededor, pero recatado.

No, el poste no hablará porque su naturaleza es la del silencio, un testigo sin posibilidades de declarar, centinela a veces

61

desesperado ante la violación y la muerte. Conocedor profundo de los sentimientos humanos, deja a otros la tarea de imaginar sus historias. Esta especie de desentendimiento lo pone en la delicada situación de cómplice, persona temerosa y prudente, pero a final de cuentas protege también a la que ofrece triángulos imprecisos, al traficante de ilusiones, a los amantes insurrectos, al embozado con la capa del futuro utópico.

En fin, como alto y delgadísimo zorro, está con el bien y está con el mal; su alma de madera, de concreto, o de fierro, puede explicarse por la sabia ambigüedad del que conserva su sitio entre la gente aun permitiéndose complicidades y traiciones inocentes. Este mustio zorro ha sabido callar, don que muchos habladores reducen al silencio. Uno entiende perfectamente que en un poste se puede tener confianza, lo que no sucede con ciertos mudos, y lo mismo escucha al desarrapado, que al vestido a la moda. Quizá alguien llegue a suponerlo petulante, pero si esto fuera verdad, lo sería con todos y cada uno y, en tal situación, se trataría de un petulante zorro melancólico.

No cabe duda: su espíritu es complejo, tanto como la misma ciudad a la que pertenece. Y si no, pensemos en los movimientos telúricos y en los accidentes que lo perjudican y a veces lo tumban. Un poste caído es un auto aplastado, ruptura de comunicaciones, amplia oscuridad, alarma en la colonia. Sólo en esos momentos de desgracia para los postes la gente se percata de la importancia de un poste, el cual seguramente irá a dar al cementerio terrestre de los objetos inútiles, cachivacheros, sin que antes nadie se hubiera detenido a reflexionar en su complejidad y en lo necesario que es para que todo marche sobre ruedas.

En este sentido, la gente prefiere tener nueve sillas, veinticuatro cucharas, o siete lápices, que un buen poste, elecciones que al poste mismo le han de parecer absurdas, en especial pensando en que él ha servido gentilmente durante años en una calle y sus habitantes nunca se dieron cuenta de que había estado ahí tanto tiempo. Pero si algún prudente lo descubre, dice: "¿A quién se le habrá ocurrido poner ese maldito poste justo frente a mi casa?" Habría que preguntarle

¿dónde querría que pusieran el estorboso poste? ¿Frente a la siguiente casa o a la anterior? Y ¿qué dirán al respecto las otras personas? Seguramente votarían porque el poste estuviera en la calle siguiente o en la anterior, absurdo que implicaría no sólo cólera en los habitantes de las otras calles, sino también reunir en una misma banqueta centenares de postes como si fuera una calle muy arbolada, lo cual resultaría catastrófico y ridículo. Pero a sabiendas de que es ignorado, vituperado, desairado, orinado, atropellado, el poste prefiere guardar silencio y seguir siendo el lince callejero, parte fundamental del paisaje urbano.

Entre estas y otras peripecias, fáciles de imaginar, transcurre la quieta vida de los postes. Ya sabemos de sus cualidades de zorro, lince, de miedoso y recatado, de su nobleza y compañerismo, de su complicado espíritu. Pero si calla y otorga ¿qué pensamientos pasarán a la altura donde los cables se estacionan y los pájaros se detienen campantes y apacibles?

Los de fierro y concreto seguramente añoran su antigua y turbia vida, cuando eran sólo la posibilidad-poste, la posibilidad-columna, la posibilidad-puente, entre otras. En cambio, el poste de madera añora sus raíces y sus ramas, sus flores y sus frutos, sin olvidar la cercanía de otros postes de los cuales también colgaban los verdes llorones, los verdes hirsutos, o los verdes simétricos, a cuyos pies se desparramaba la hojarasca fértil y la tierra húmeda. Quizá en esta añoranza radique la tristeza de los postes, su fatalidad, su mansedumbre, su seriedad; quizá debido a esto sean tan silenciosos, pues de una vez y para siempre perdieron las voces que en ellos habitaban y las cuales iban de un poste a otro lanzando mensajes de colores y amor propicio, de lugares lejanos y postes distintos. Quizá también por todo ello los postes se aliaron con lo abominable y presencian asesinatos sin inmutarse, se volvieron compañeros de prostitutas y alcohólicos. Sobrellevan a los perros callejeros y a los adolescentes criminales, acompañan en las esquinas a los tragafuegos y a los vendedores de chucherías y de hipócritas ramos de rosas menudas. Sin este funesto destino, desde luego, otro pájaro les cantaría;

63

pero es archisabido que en el tráfago de la vida hay sucesos que nos llegan como un corte de sierra sorpresivo.

Sin embargo, sobre este aspecto terrible que los posee, existen los sueños reconfortantes, los sueños de abolengo y dignidad. Cuando el Distrito Federal se va sumiendo en sus meriendas y en el descanso, y la oscuridad se va haciendo densa y las calles se meten en los ruidos escasos, los postes se remiten a viejos siglos, se miran muy altos y escuchan el rechinar de las cuerdas que hacen nudo y vueltas a su alrededor y observan a sus costados las telas que reposan, preparadas a extenderse en cualquier momento. Los postes que llegaron tiempo atrás cruzando aguas ajenas de un mar estrecho y encallaron en las playas creando un panorama de centenares de postes que aguardaban sudorosos y macizos. Alarmados, una noche vieron cómo el fuego lamía los pies de uno de ellos y creyeron que la misma suerte los alcanzaría. Pero el fuego solamente subió a esa nave y ahí murió. Luego, otra noche, cuando la tranquilidad era alumbrada por numerosas hogueras, fueron testigos silenciosos de la construcción de un gran caballo fabricado con parientes de ellos. Cuando fue terminado, vieron cómo el caballo de madera se perdía en la oscuridad. Tiempo después, bajo un sol esplendoroso y las velas extendidas, algunos regresaron hacia su lugar de origen navegando las mismas aguas ajenas, rodeados de festejos y llanto, mientras otros se perdieron en los anchos mares de una nueva leyenda.

DFs

LA CIUDAD es una caja de Pandora abierta. La Ciudad se ha vuelto un espectáculo, como los circos. El DF es un cabaret. El DF es un gran hotel. La Ciudad cabe en un directorio telefónico. Sin teléfonos, la Ciudad sería aún más grande. No sólo los de provincia se pierden en el DF. El DF es como las mujeres: sorpresas y más sorpresas. La Ciudad sigue siendo una novia de pueblo, con su larga, larga cola de cuarenta y dos kilómetros por Insurgentes. El Distrito Federal es más grande que toda una vida. El DF es una lenta, grande, vieja tortuga. El DF era el DF.

ISADORA ISADORA

Hay veces que algunas experiencias de mi visita a Barcelona flotan de súbito a mi alrededor. Una danza fantasmal de la memoria brota en la niebla de mi desesperanza y mi borrachera, me pone ante momentos definitivos y justos, espacios que nunca imaginé o no preví pero que me aguardaban. Inéditos vuelos, giros de telas oscuras y claras, en algún brazo de la ruta larga que mi ritmo y lo extraordinario me han marcado; ahora, huellas ignotas y cristalinas de menudos pies imposibles.

Aquí, en esta Ciudad de México pavorosa y gentil, frente a otros amigos, en otros diálogos alucinantes y con un vaso de vino diferente en las manos, flota de nuevo una mujer ataviada de negro, danzando bajo la noche ardorosa que abrigaba paciente al barrio de Sarría, antiguo, bello, ominoso, donde brillaron la luna y los fanales de un auto; pero amable barrio, amable la música donde ahora habita una mujer ataviada de blanco ofreciendo vueltas solitarias de sueño sobre la madera de una estancia mexicana, envuelta en otra noche, que es el rostro oculto de la noche antigua.

Voces de tiempos diversos se mezclan para hablar de los ámbitos humanos y maravillosos que poblamos, la vida que se vive sin meditación, lapsos intensos como el mirar distraído que paulatinamente nos hace inconfundibles. Instante mágico, reconocemos la vida acumulada; en un mismo sentimiento surgen los rituales de la muerte y las bodas.

Liquidamos la deuda en los restorantes del mundo teniendo la certeza egoísta de haber saboreado meditadamente los alimentos y los licores, elegidos con premeditación; luego, nos vamos a caminar sin rumbo fijo cuando las doce de la noche se perdieron en el horizonte marroquí. El tren de la temporalidad jala espesos vagones de sombra; en ellos viajan nuestras palabras, las risas y las miradas ebrias que nos dirigimos durante la cena, el momento futuro en que Isadora

67

fue llevando su danza hacia el centro de la calle en una valentía lunática, alejándose del grupo. Su vestido negro se agitaba en vuelos de alegre bandera pirata, símbolo luminoso del muelle de la Barceloneta, enfrentando un automóvil; quizá el chofer no lograría responderse por qué precisamente a él le tocaba esa figura de ébano en el centro de la ruta. Después de un giro fantástico, el auto evitó la predestinación, haciéndole al grupo un regalo de vértigo y alegría. Isadora mantenía los ojos cerrados, enloquecida por el cálido viento del Mediterráneo, Isadora alentada por la música imposible del movimiento de sus piernas perfectas, fascinando a los que íbamos en fantasmal comparsa a través de las calles del barrio catalán.

Música que ahora viaja en el vagón más brumoso del convoy que no se dirige hacia ningún destino porque él es el destino mismo donde se acumulan los rostros y las maneras infinitas de la gente que nos ha puesto su amor, su odio, su mirada inconfundible, en tanto esa larga hilera neblinosa se alarga.

Así debe ser nuestro espíritu, como una sombra densa, sombra de sombras; densidad provocada por los espacios que nos van penetrando y penetramos. Entonces, los otros vagones llevan depositada parte de nosotros; esa red compleja de experiencias origina la imagen del convoy. Una casa en Barcelona y otra en la Ciudad de México son estaciones antiguas donde coinciden, entre el barullo y el ajetreo, trenes melancólicos, regocijados. Partirán hacia los más distantes puntos del espíritu, donde secciones de trenes se intercambian para un viaje nocturno; despertar en otra ciudad frente a la danza de una mujer ataviada de blanco, incorporarnos a la hilera primigenia que nuestro ritmo y lo extraordinario han marcado. Viajar ahora con fuerza, hacia las estrellas de imaginarias agujas, custodias del resplandor, mientras un grupo de amigos baila, platica, se emborracha sobre algún piso del mundo y uno de ellos ve flotar desde su ventanilla las figuras traspuestas de dos mujeres que danzan en el tiempo.

PARA ESCOGER

a Rubén Bonifaz Nuño

LAS COLADERAS son bocas con sonrisas chimuelas. Las coladeras han perdido los dientes de tanto que las pisamos. Sin coladeras la vida sería demasiado hermética. Las coladeras están a nuestros pies. Las coladeras son las bocas de fierro de la ciudad. Las pobres coladeras están ciegas. Las coladeras son pura boca. Las coladeras se ríen de los nocturnos solitarios. De coladera en coladera se llega a la colonia Roma. Las coladeras son amigas de los borrachos. Por las coladeras se entra al otro Distrito Federal. Las coladeras envidian a las ventanas. Las ventanas nunca miran a las coladeras. Las coladeras son simpáticas, aunque eructen muy feo.

ALGO SOBRE LAS TINIEBLAS

a Yani Pecanins y Gabriel Macotela

Yo TRABAJO en el Centro del Distrito Federal y preservo aún con ardor y ternura mi tristeza. Antes de venir pensé que resultaría atractivo pasar una temporada en el lugar más antiguo de la ciudad, y nunca me he sentido decepcionado. Al principio me pareció curioso caminar entre la multitud de burócratas, vendedores ambulantes y gente que va de compras. Apenas percibía que algo se agazapaba tras lo costumbrista y típico de la zona.

Empecé por frecuentar el *Café Río* de la calle Donceles, los bares aledaños, los restaurantes, tanto las fonditas de menú baratísimo como *La Nueva Ópera,* hasta que una tarde sentí que se me dificultaba salir del Centro, como si una presencia oculta e indefinible me llamara y me retuviera. Ya Gabriela Becerra y Luis Cortés Bargalló me habían comentado sobre una incierta fascinación que experimentaban al transitar por esas calles.

El día en que me sentí atrapado fue después de comer solitario en el restaurante de la SEP y de saborear un café en el *Río,* caminando por la calle Del Carmen, mientras el ocaso iba cayendo pausadamente. A la altura de la Hemeroteca reflexioné que a pesar de que un decadente sol de primavera todavía se encontrara fustigando al Centro, en especial hacia la zona por la que yo iba andando, había una extraña sombra que se resistía a abandonar las calles. Como si observara por primera vez este paisaje, descubrí que, protegiéndose de la horrorosa luz, escoge los sitios más apropiados para sobrevivir en tanto llega su alimento más preciado, la noche. Elige las entradas y los corredores de los viejos edificios, los pasillos y los cubos de las escaleras; está bajo las cornisas y los destartalados toldos, en los vértices de los pretiles y en las hendiduras de los nichos, mínima, apeñuscada, insistente

71

tiniebla. Se introduce en las grietas de las paredes guindas y negras, entre los ladrillos desgastados. Nos sorprende en los mingitorios de las cantinas, dentro de las iglesias, en los sótanos, tomando siempre, según el sitio y la hora del día, diversos niveles de intensidad.

Yendo por la calle Bolivia hacia el poniente supe que esa niebla se había quedado agazapada detrás de las ventanas de balcones herrumbrosos, cuyas cortinas eran apenas el indicio de una pestilente y densa oscuridad. Entre maravillado y temeroso, de momento esperé que saltaran hacia la baja tarde las bestias milenarias que ahí se habían procreado; felinos y arácnidos de humo, cucarachas de ébano mensajeras del pasado, mínimos animales de penumbra, hijos todos de la tiniebla anciana, la gran bestia nebulosa. Al trasponer el desgastado portón abierto de un edificio en desuso emerge inmediatamente ante mi paso su repugnante olor y se adhiere a mi cuerpo como si pretendiera prolongarse en mi ropa y en mi rostro. Me detengo, no quiero proseguir, pero resulta inevitable ponerme en marcha porque la tiniebla también atrapa, jala, te invita a sus rincones atractivos que uno desea penetrar para introducirse en otro tiempo, buscando una explicación en la ancestral tiniebla para que nos hable de su larga historia y nos revele los motivos arcanos de su resistencia a morir. Mientras voy por un corredor lleno de polvo y basura, entiendo que en algún lugar está el brumoso y gigantesco animal agonizante, respirando con dificultad, sin fuerzas para intentar el zarpazo definitivo. Lo presiento detrás de una puerta tapiada, apenas moviéndose entre montículos de ojos y piernas, de brazos y lenguas, cuyos propietarios ahora se apoltronan fuera de las iglesias, o en los quicios de puertas inútiles vendiendo objetos menudos, o con botes sebosos colgándoles del cuello bajo letreros inocentes que dicen "No tengo brazos ni lengua, no escucho; yo también habito las tinieblas".

Subo hacia el segundo piso y me doy cuenta de que la tiniebla está untada a las paredes, carne de los muros, como si éstos fueran ella misma y yo pudiera transponerlos como se horada la neblina y, de esa forma, atravesar todos los edificios del Centro, mirando sus vergüenzas y sus orgullos, sus amores y sus melancolías, sus crímenes y sus nacimientos. Necesidad imperiosa de que la tiniebla anciana explique, diga, cuente cada historia, que resuenen en este silencio los estallidos o las voces poderosas, que se escuchen el llanto de una mujer, las canciones de una serenata, la agonía de los viejos. Entonces, comprendo que la principal vocación de la tiniebla es la sugerencia. "Mis historias están aquí —parece explicar—, bajo este silencio, vidas montadas unas en otras y desaparecidas, tragadas por mí, que, coágulo negro de la existencia, extraña muda, sobrevivo; mis hijos han ido creciendo..."

Mientras regreso por las escaleras alejándome de esa confesión alucinante, la oscuridad se ha hecho más densa. Me detengo en el patio abandonado, miro hacia arriba el tragaluz mortecino y me nace una profunda melancolía. Me imagino a sus hijos, las tinieblas, animales de sombra recargados detrás de las puertas clausuradas, temblorosos, con hambre, entre excrementos, sin necesitar ayuda, esperando el alimento que viene solo, que no tardará en llegar.

Al pie de aquella pobre luz la maravilla me abandona, el miedo se hace más intenso y protejo mi tristeza, pues intuyo que las tinieblas se han ido expandiendo, que han ganado terreno en los negocios que vacían sus aparadores para recibir la tierra y el polvo, o en los que atienden ancianos invadidos ya por la sombra que avanza hacia los maniquíes desnudos y los ciegos que deambulan el día entero por las calles Del Carmen; hacia los anuncios luminosos sin luz que han perdido varias letras violados por el lenguaje críptico de la tiniebla. Supe que para vivir a plenitud la tiniebla necesita territorio; dentro de ella no hay lugar para ninguna tristeza, resulta un gesto amable. Más allá de la tristeza se encuentra la total oscuridad, la bestia ominosa.

Salgo rápidamente del edificio, viene la noche y todo parece descansar, arremansarse. Las luces de los escasos arbotantes son apenas débiles enemigos de las tinieblas. Ellas, torpes y sigilosas, se asoman a la calle y respiran un poco. Tienen la cautela y la paciencia suficiente para aguardar a que bajen las cortinas de los comercios, a que sólo deambulen los habitantes de la noche. Cuando se ha ido todo rastro de barullo y la noche cae plenamente, las tinieblas salen, se van arrastrando como grupo numeroso de hombres sin piernas, se desplazan sobre las baldosas amamantándose de la oscuridad del cielo del Distrito Federal, se montan sobre los borrachos que se echaron a dormir sobre la banqueta. . .

(*Los universitarios*, UNAM, julio de 1985)

BALADA DE LA CIUDAD

a Rolando Weissmann

LA CIUDAD no es una casa, no es una mujer, no es un desierto habitado por almas solitarias o por estúpidos, no es una prostituta ni un ente político. La ciudad no es un cascarón de concreto custodiado por la policía, no es el sueño de los años cuarenta ni la pesadilla de la actualidad, no es la región oscura de nuestro lamento. La ciudad no me es ajena ni es mi ciudad.

Ella es mi propietaria. Sus formas gramaticales son hermafroditas, pues la ciudad nos penetra y la penetramos. Su ritmo parece una canción que Jimmy Hendrix nunca pudo componer. En sus entrañas existen grandes cementerios desde los que se levantan cadáveres que nos platican historias crueles al oído. Ha medrado desde el centro, donde fue descuartizada la mujer y sodomizado el hombre. Su cielo es muchos cielos, es el mimo ecológico de nuestra alegría y nuestra pesadumbre. Cantémosle para que termine de morir su última muerte, pobrecita, la desprotegida.

Su vegetación de cuadrícula grande es el cuchillo de nuestra nostalgia. La sobreviven animales fantasmas. Su lenguaje es la oquedad del lenguaje y la aparición de un idioma imposible. No puede describírsela, es inútil. Sólo podemos sentirla en los límites de la incoherencia, donde la zona de la locura nos atrae y nos lanza melodías idiotas y bellas. Las canciones de Bola de Nieve me gustan mucho. Gata, termina de vivir tu séptima vida. Su música es un piano descompuesto, un arpa neurótica tocada por el viento de las horas del día, el soplido fracaso de millones de bocas.

Exige que se la trate con alegorías y metáforas brutales, con inocentes camiones de carga, mientras los créditos bancarios lamen vidas. Leones que gimen, monos que miran desde los

75

cristales, ocelotes que saltan desde los edificios y se destrozan en el pavimento. Sálvanos, querida.

Es el sitio y la hora desde los que añoramos la clorofila dominada y ebria. A mí me gustan Los Tres Panchos. Sin la ciudad no existiría este sueño, este edén llamado provincia del futuro. Colibríes que se alimentan de retinas, insectos del insomnio. Senos que rodean la Plaza de la Constitución y penes que juguetean con las palomas de la Catedral. Su cultura es maldita, pero ella nos ha enseñado el amor y el llanto dialogado a solas, a cantar con Los Tres Diamantes, Giacomo Puccini y Leonard Cohen. Huele a rosa temprana y a carne de res descompuesta. Un perro cae muerto en la calle de Insurgentes Centro, por favor. Nos vemos a las siete y media en el Sur. En el Norte mataron a mi abuelo. Nos dormimos en la aceptación de los buenos días y en la cama de los basureros gigantes.

Sentimos rabia contra la ciudad, pero acariciamos sus cúpulas y tenemos orgasmos en sus calles. La abstracción llamada ciudad me da asco y admiro a las prostitutas de Tepito y envidio a sus padrotes, Nauyacas que aman y entierran corazones en la esquina. Nos estamos hundiendo contigo, querida, ¿no lo entiendes? ¿Tenemos que cortarte los billones de cables y tuberías de tu cuerpo para que te des cuenta, muñeca? ¿Quieres que terminemos de suicidarte, muñeco? Amo los camiones que transportan colegialas tobilleras.

La ciudad es altamente compleja porque en los baños de sus cines los homosexuales hacen fogatas y rifan penes hermosos. La ciudad nos tiene hipnotizados a partir del espejismo de millones de mujeres que esperan el regreso de millones de hombres. Bésame, no te hagas del rogar.

La ciudad es todo ello y no lo es, porque la ciudad del mes pasado ya no existe, como dejó de existir ese amor que yo sentía por una mujer que me creaba cíclicamente. Jirafas suicidas en las astas banderas y en las antenas de las radiodifusoras.

Una ciudad se superpone a otra, y ésta será el cadáver de la de mañana. Y todas ellas son el cementerio de las anteriores. Yo prefiero a Juan Gabriel. Antiguas golondrinas vuelan

76

sobre aguas agitadas de lagos antiguos. Nuestra vida profunda también tiene calzadas de lodo y avenidas con perfectas órdenes y contraórdenes de tránsito. Por ahí anda una leona con pezones de metal. Es la madre que nos ronronea una canción rockanrolera. Duerme soñándonos, dejándonos que nos enredemos· La ciudad es un cuarto sin puertas, pero en su interior podemos girar cualquier picaporte. Mañana es el funeral de la ciudad de esta mañana. Está usted invitada, señora. Señor, usted también. Serpientes del viento y de la nube. La odiamos y la queremos.

(*Territorios,* UAM-X, enero-febrero de 1981)

SUEÑOS DEL TEMBLOR

a Esther Harari

I

QUE LA pared se abombaba, los cristales estallaban, el movimiento gigante de la muerte. Podía ser mi casa de Astrónomos, sobre todo por lo del ventanal. La explosión del muro y los cristales se producía de súbito, mientras yo pasaba frente a ellos. El entorno aparecía en bruma. No alcanzaba a comprender el origen del estallido; quizá muy inconscientemente supuse la detonación de una bomba. De pronto había una mujer cerca de mí, a lo mejor Blanca —es la más probable; no la más nítida—. En el momento en que la protegía, supe que los trozos de casa que volaban hacia nosotros eran uno de los rostros del temblor.

II

Sobreviviente de un terremoto mayor, pretendí salir a la calle y, en el borde mismo de la puerta, se abría un precipicio, cruzado por multitud de tubos, cables y varillas. Diversos hombres trabajaban en distintos niveles del gran agujero, a manera de trapecistas o espeleólogos. La gente, quizá fuera de sí, culpaba del desastre a los albañiles. Se presentían disturbios y movimiento de las fuerzas represivas· Es probable que yo habitara una casa de la colonia Roma; necesitaba moverme, salvarme. Por el borde del precipicio, pegado a las casas, llegué a la esquina. De allí, descendí apoyándome en fierros retorcidos, hasta lograr asir una cuerda; colgado, volé hacia una de las paredes. Ascendí escalando entre fierros y varillas. Caminé varias cuadras sobre una devastación casi

79

total de mi ciudad. Pequeños grupos de gente charlaban animadamente, entregados a una fatalidad definitiva. De pronto, me encontré en una especie de fiesta callejera, departiendo con varios amigos; escuchábamos un radio portátil y bebíamos. En eso, llegaron los soldados y nos dijeron que estaba prohibido ingerir bebidas embriagantes en la vía pública. Alguien se separa del grupo y responde:

—¿No se dan cuenta de lo que está pasando? Por lo menos deberían dejar que la gente se emborrache. O ¿quieren que todos estemos muertos?

III

Seguramente sucedía en un estacionamiento público, o en un alto edificio del gobierno. Muchas personas estábamos en la azotea, esperando que nos vinieran a salvar. El piso era demasiado flojo; cualquier movimiento podía resultar mortal. Ya habíamos visto hundirse a varias gentes. Por fin, del lado de la calle, hubo manera de bajar. Sobre las orillas de la azotea nos desplazamos. A punto de descender, descubro a mi hija, que camina en el centro de la azotea; mi madre va hacia su encuentro. Una angustia enorme se apodera de mí; varios sobrevivientes miran a ambas mujeres. Ya en el pánico, me doy cuenta de que mi mamá, una vez que ha levantado a la niña, pretende hundirse pisando con fuerza en distintos puntos. Pienso que se ha vuelto loca y se quiere morir. Sin pensarlo mucho, pero moviéndome con cautela, me adelanto hacia ellas; doy un golpe a mi madre y, antes de que caiga desmayada, las tomo en mis brazos y regreso. Sorprendentemente, el piso me sostiene y yo a ellas. Nos disponemos a bajar hacia la calle.

III

BRILLANTE AUTOBIOGRAFÍA

EN PROCESO similar a lo más connotado de la política y la cultura, yo empecé desde abajo. Mi familia vivía en el sótano de un edificio del Centro. A la muerte de Pepín, el oso acróbata de mi padre, nos hundimos aún más en la miseria. Yo salí a probar suerte y la encontré: durante un mes comí sopa calientita en el Hospicio de Pelones. Mi primera relación con las letras fue a través de las de los periódicos, los cuales me taparon en la banca del parque en noches de invierno. La segunda tuvo lugar años después, cuando las firmé en un crédito por mi silla de bolero. Actualmente, luego de agotadoras y largas jornadas de sub y desempleo, me encuentro ya en la cúspide: vivo en el cuarto "H" de la azotea del edificio Molino del Rey, en la Unidad Nonoalco-Tlatelolco.

LA GERTRUDIS

a Marco Antonio Campos

ESTA noche, cuando llegué a mi cuartito, me puse a llorar y, luego de calmarme, la tristeza no se ha ido. Me dieron ganas de escribir esta carta para nadie, pues no creo que alguien pueda interesarse en mi historia. Y esto lo digo no porque esté viejo, flaco, me falten un par de dientes y siempre haya sido medio feo, sino porque mis ocupaciones nunca fueron interesantes ni ha cambiado para nada mi situación en la sociedad durante toda mi vida. Muy joven empecé como vendedor ambulante ofreciendo huevos de caguama en el cruce de Palma y Tacuba, en el Centro, y, a veces, durante las noches, en algunas casas de citas; posteriormente vendí planchas de pésima calidad por los rumbos de Clavería y Azcapotzalco.

Vendí huevo a domicilio, despensas *Del Fuerte,* ropa para sirvientas. Y siempre pasé de traficar una cosa a traficar otra sin fortuna, sin poder reunir nunca unos ahorritos. Estuve soltero hasta los cuarenta y tres años; apenas podía sostenerme a mí mismo.

Algunos amoríos de zaguán y hotelito, pero nunca nada en firme. Cuando empezó a calarme muy duro la soledad, me encontré a la Gertrudis.

Hoy en día atiendo un pequeño puesto de periódicos en la Doctores, colonia que se ha puesto retefea; pero ahorita ya no tengo ganas de seguir con el negocio. Ya no me importa que sea de noche o de día, o que llegue tarde por los periódicos.

En Ciudad Nezahualcóyotl parece siempre de tarde y me da igual. Y para acabarla de amolar, el jueves pasado una camioneta chocó en la esquina donde está mi puesto y me lo dejó todo chueco. Hace rato venía pensando que nada más me faltaba que me cagara una paloma de la Catedral. Si antes del choque mis ventas habían bajado, ahora con el retorcimiento de fierros las gentes se van alejando y pasan de largo hacia Vértiz o, al contrario, hacia Cuauhtémoc, a los puestos grandes donde les cabe más variedad de revistas, libros y periódicos en sus casetas.

Debo reconocer que sí hubo un momento de mi vida en que mejoré mi situación económica. Había un señor, después supe que era licenciado, un muchacho joven él, hablador y que siempre tenía un chiste en la punta de la lengua, mediocalvo y delgado como yo, que me compraba *La Prensa* y revistas de mujeres desnudas. Se veía que yo le caía bien o que le causaba lástima, pero lo importante era que me decía don Chucho y no Chucho, como me dicen en la Doctores. Bueno, este señor me dijo, mientras hojeaba una *Caballero,* que si no me gustaría irme a trabajar con él a su oficina, como mensajero. Paluego es pronto le contesté que sí; a los pocos días me llevé mi puesto a mi casa y le dije a mi vieja que iba a trabajar en una oficina. A ella le gustó la idea, pues yo iba a ganar buena lana, con la cual podríamos ir a Villa del Carbón o a Oaxtepec algunos fines de semana. Además, a la Gertrudis le agradaba arreglarse y ponerse guapetona.

Me junté con mi vieja ya en edad avanzada. La Gertrudis tenía como cinco años de haber enviudado y de andar del tingo al tango sin hombre seguro. Sus dos muchachos vivían en los Estados Unidos; al principio ellos le mandaban algunos dólares, pero luego les perdió la pista· Aseguraba que se los habían matado, pero yo digo que todavía han de andar por ahí, viviendo bien, sin importarles su madre. En fin, mi vieja y yo nos acompañábamos y nos ayudábamos; ella ponía una mesita afuera de la vecindad para vender botellitas de azúcar, borrachos, chocolates sueltos, chicles *Kanguro* y otras golosinas que los chiquillos del barrio le compraban. Cuando cobré mis primeras quincenas y vimos que nos sobraba dinero, ampliamos el negocio y ella empezó a vender chocolates *Larín*, palanquetas y cocadas, obleas de cajeta y cacahuates japoneses, hasta cigarros, perones con chile piquín y máscaras de luchador. Con esto la Gertrudis empezó a juntar su guardadito de dinero y la vi muy contenta.

En la oficina, la verdad era que muy pocas veces la hacía yo de mensajero; además no iba de traje y sólo usaba unos pantalones y una chamarra decentita, siempre lo mismo, y al llegar a mi casa me desvestía y me enjaretaba mi viejo overol. Bueno, en la oficina, el licenciado que me recomendó, que era el licenciado De la Torre, tan parlanchín afuera como adentro, me presentó con el personal como mandadero o casi lo explicó así: don Chucho está para servirlos, si quieren cigarros, si un refresco o un café, si cualquier cosa, él se los traerá. También me pusieron a sacudir los escritorios, a limpiar los basureros, a empaquetar revistas y a pegarles etiquetas con *Resistol* blanco.

El problema era que se trataba de etiquetar como dos mil quinientos sobres cada mes, aparte los mandados y la limpieza y mil favorcitos. Bueno, aunque ganaba más dinero, comencé a sentirme muy mal, pues de tener mi negocio propio a trabajar de mozo había mucha diferencia, yo que siempre había sido independiente y a mis años.

Poco a poco me fui enojando más y más y el coraje me agarraba cuando oía don Chucho, tráigame unos *Raleigh,* a mí unos *Marlboro,* que váyame a poner este telegrama, ya llegaron las revistas. Aunque a veces les ponía mala cara o me hacía el desentendido, me aguantaba porque veía que la Gertrudis estaba retefeliz y ella me decía no te preocupes, no les hagas caso. Luego, el licenciado De la Torre me dijo que cuando hubiera mucho trabajo me tenía que quedar hasta tarde y el problema fue que cada vez fue habiendo más trabajo. Yo llegaba a la vecindad a altas horas de la noche, sin haberle podido avisar a la Gertrudis; ella me recibía con jetas y malos modos. Una vez hasta tuve que pasar toda la noche en la oficina que porque tenían que entregar varios documentos muy importantes. Esto a mi vieja ya no le gustó, empezó a arremeter en mi contra, sin justificación; la encontraba enojada y me reclamaba, Jesús, no llegues tan de noche, Jesús, qué te estás creyendo, Jesús, me estás viendo la cara de pendeja. Y yo, mujer, no es culpa mía, mujer, mira que nos conviene, mujer, reclámale al licenciado De la Torre. Me encontraba entre la espada y la pared y mi enojo iba creciendo hasta la desesperación.

Llegó un momento en que la Gertrudis ya no me reclamó nada. La veía silenciosa y huidiza. En las noches la encontraba roncando como si yo le importara un comino. La verdad es que prefería sus protestas y sus regaños y no a una mujer callada, hosca, que me aventaba el plato de sopa, no me hacía mis frijoles refritos, que iba dejando el cerro de trastes en el fregadero. Con las ganancias del negocio se compró buena ropa, mientras yo nunca tuve un traje para ascender a mensajero. Pero me gustaba que tuviera sus buenos chales.

Pronto empezó a pintarrajearse la jeta como payaso; a veces no la encontraba en la casa cuando yo llegaba temprano. Como en los años cuando la conocí, volvió a darle a la bebida; un día me armó un escándalo en el patio de la vecindad, completamente borracha y mentándole la madre al vecindario entero. Una noche ya no la vi más.

Las vecinas luego luego me dijeron que la Gertrudis había andado en tratos con el del carrito de los camotes, un viejo panzón y bigote estilo Pancho Villa; que cuando el hombre aquel pasaba con su humareda y su chiflido de locomotora, se detenía frente al puesto de los dulces cuando caía la tarde y se quedaba platicando con mi vieja sin importarle sus camotes. Y que después dejó de pasar, pero que en cambio mi mujer levantaba más temprano el negocio y se iba muy pintadita y toda la cosa, y que regresaba muy pizpireta y despeinada. Esto me lo contaron de un jalón y ya no quise escuchar más.

Ni siquiera hice el intento por buscar a la Gertrudis; se veía que aunque vieja le gustaba darle vuelo a la hilacha. Que con su pan se lo comiera. Después de este incidente, con más enojo que nunca, renuncié al trabajo de la oficina, sin darle las gracias a nadie; de la vecindad me cambié a un cuartucho en Ciudad Nezahualcóyotl y el puesto lo volví a poner en la colonia de los Doctores.

Hace rato, cuando venía en el camión, ya de noche, en una parada que hizo el chofer, escuché el silbido de locomotora que lanzan los carritos de los camoteros; me cayó de golpe toda la tristeza que nunca había tenido, o que se me había quedado guardada por ahí. Entré a mi cuarto y me puse a llorar muy fuerte; luego escribí estas hojas que a nadie van a interesar. Y como siento que la tristeza no se me quita y, más al contrario, va aumentando, creo que ya me voy a morir. No encuentro otra explicación.

MOSCAS

La mosca es un animal marginal.

CARTA DE AMOR DE UN JOVEN POETA ROMÁNTICO-MALDITO DE LA GRAN URBE

a Pura López Colomé

EN ESTA hora plomo del amanecer, de espigadas navajas *Gillette platinum-plus* a punto de degollarme, no te encuentras junto a mí y me jacto de esa comedia de carpa que es tu amor y el mío en constante vaivén.

Lo reconozco sin pudores hipócritas: el insomnio es el mejor compañero de mis últimas noches de locura citadina. Hoy caminé ese oscuro tiempo hacia la bella e implacable avenida Zaragoza, embelesado ante el desierto panorama sombrío de las dunas de nuestros apacibles y candorosos grandes basureros. Durante ese tránsito andariego estuve a punto de tirarme bajo el rodaje de los camiones foráneos que braman perezosos en la noche africana del Oriente de esta gran urbe y que semejan tiranosaurios mecánicos dispuestos a devorar a la Ciudad que tantos buenos males nos ha brindado. Sin embargo, escúchalo, bruja de las cinco de la mañana, el coraje y ciertas agradables alucinaciones me han impedido entregarme definitivamente a la Tiniebla que desde mi niñez lamió las aceras que mis pies caminan.

En tales deshoras, cuando el sueño se ha alejado de mí en piruetas lunáticas de murciélago albino hacia las agujas esplendorosas de las estrellas, cuando mis autómatas piernas me distancian de mis habitaciones en Neza y las luces de cuanta bestia motorizada rompe el silencio de la Zaragoza y me ciegan intensamente, entonces surge mi paisaje níveo; allí, unos perros de Alaska, piernas traseras de mujer, realizan acrobacias en pirámides donde siempre hay un perro negrísimo que ladra tu nombre. De súbito, el tinglado de perros esquimales se esfuma en el espacio de las oscuras torres metálicas que se mueven hacia Iztapalapa, jirafas de hierro, osamenta futurista·

El ladrido me guía en la explanada terregosa, mi andar tropieza con las vergüenzas de la ciudad, depositadas por los tiranosaurios de la basura; sobre uno de los montículos más hermosos, emerge tu figura ataviada de jeans y blanca blusa transparente. Semejas una escultura tallada por algún remoto chipriota amante de lo voluminoso, o una pintura de aquellas mujeres de caderas que desbordan los divanes y las bañeras florentinas. En la alta alucinación un odio incontenible brota de mis sienes y grito, grito desde el fondo de tu ausencia y hago cimbrar a las jirafas de hierro. Protesto llorando iracundo ante las formas de tu cuerpo exageradas, almohadón persa & estragos *twinki wonder* & bule-bule. Después, cuando mi rabia hurga entre los desperdicios, caigo de rodillas y gimoteo pausada, melancólicamente; pienso que nunca quisiste acceder a la delgadez que toda mujer del futuro debe guardar si en lo profundo desea enamorarse de un hombre como yo.

Ahora que escribo estas líneas fúnebres, inútiles, te digo que siempre esperé dulces ojeras bajo tus ojos de ébano, senos cono pequeño de papel, mejillas sin esas insultantes chapas que no permiten el hundimiento necesario para decirte *Mujer, la pesadumbre nos habita*. Aguardé a que la tez de tu piel se fuera difuminando hasta hacer notar tus venas azules, la radiografía de tu más hondo ser. Pero te negaste, preferiste llevar hasta sus últimas extensiones las tallas que poco a poco se convirtieron en mi desesperación; pero no reniego porque me agrada ir insomne en las madrugadas. Así he podido garrapatear esta epístola que aún dudo en mostrársela a mi editor y algunos sonetos inusitados, de los cuales ahora reproduzco sólo una cuarteta:

> *Estos perros de Alaska te conducen*
> *hacia el fantasmagórico desierto*
> *donde deambulo triste, nada es cierto*
> *y tus formas delgadas ya no lucen.*

Pero es momento de volver a mis caminatas noctámbulo-agotadoras. Después de dos o tres alucinaciones como las anteriores, siempre termino en mi lugar predilecto, en el punto clave de mi razón de ser. En la noche cerrada de Iztapalapa emerge, como una sombra de sombras, o suma fatídica de sombras, o sombra & sombra & sombra, una mole inexplicable cuya gran boca musita una historia de fusilamientos y humo. A medida que me voy acercando a ella, de mi pecho brota un túnel de fuerzas malditas conectado a la gran mole que es una gran cabeza. El ducto se pinta de verde-rojo-negros, un concentrado de furiosas pócimas, hasta que llego ante los ojos enormes; el rostro gigante se transforma en el de mi mejor compañero, el Tlatoani de las Tinieblas. Surge abrumadora una carcajada cósmica que me alienta y recibo, a través del túnel, la energía opaca y terrible que me ayudará a sobrevivir todavía una noche más.

Cuando en lontananza va surgiendo el resplandor matutino y los camionofantes empiezan a desfilar, regreso sobre mis apesadumbradas huellas. Mientras deseo lanzarme ante el paso de alguno de los tiranosaurios, tramo uno más de los poemas largos que enorgullecerán a México. Entro en la accesoria, propiedad de un traficante de ancas de rana; prendo una de mis velas y sobre el piso me pongo a crear.

La noche acaba de fallecer; los ruidos normales y festivos de la Nezahualcóyotl atraviesan la cortina de fierro que me separa del mundo. Me jacto de que no estés junto a mí y me dispongo a echarme una dormidita. Pero antes de poner el anodino punto final, te confesaré mis fobias más afables:

Que todavía digas "mi mami".
Que seas "gran admiradora" de Woody Allen.
Que uses zapatillas chinas.
Que pases un fin de semana "con unos amigos en Valle".
Que hayas nacido en la colonia Del Valle.
Que te obsesione Virginia Woolf.
Que vivas en el sur de la ciudad.
Que no hayas querido renunciar a lo anterior como yo lo hice.

EL BORRACHO

EN LA cantina, el borracho tiene suerte en el juego de dominó. Pero, en esta ocasión, no juega por dinero. Con otros borrachos apuesta elevadas sumas imaginarias en dólares. En cada nueva partida aumenta sus ganancias como nunca antes. Pega de gritos y reta a los mejores jugadores de la cantina. Sin embargo, en algún momento llega lo inevitable: la hora de cerrar. Los meseros y los cantineros azuzan a la clientela y cobran las últimas cuentas; abandonan sus delantales, calculan la propina y van apagando poco a poco. El borracho sale con los bolsillos repletos de verdes billetes invisibles. Se va caminando, zig-zag, hacia su casa; en el trayecto, se reprocha no haber apostado, zig-zag. Se pone a lamentar su maldita suerte. Era lo peor que podía sucederme, dice al abrir la puerta de su casa y lo repite al cerrarla. El coraje lo pone más ebrio que su ebriedad.

Va hasta su recámara y enciende la luz. Su mujer se despierta y le pide que apague. Qué apague ni qué apague, grita el borracho con suerte. Por favor, estoy muy cansada, los niños dieron mucha guerra y la sirvienta estuvo insoportable. ¿Cansada?; tú quisiste tener a los escuincles. Pero seguramente te das tus mañas para ponerme los cuernos, vieja maldita. Ella intenta contradecirlo, pero él le da un bofetón, la toma de las greñas y la comienza a zarandear.

EL HIJO DE PITO PÉREZ:
EL FILÓSOFO GROTÁLEZ

a Daniel Sada

LA OTRA nochecita, el desconcierto se instaló en una de las mesas rojas de la lonchería del *Flaco*.

—Si el alma fuera de carne, el cuerpo sería un soplo, un ser incoloro —prosiguió el *Filósofo Changuín*.

Los que escuchaban, gente burlona del barrio, se sintieron incrédulos y confundidos; se miraron unos a otros, alguna sonrisa torpe, cómplices sin chascarrillo.

—Es más —continuó el *Filósofo*—, nuestra forma de humanos sería distinta porque, pongámonos a pensar —una mirada escrutadora, turbia y aguda, quizá también media sonrisa en la cara gris de *Changuín*—: nuestro cuerpo tiene dos piernas, dos orejas, dos de todo... Hasta aquí vamos por buen camino —echó otro interesante mirar a la joven concurrencia, garraspeó quedo y dijo—: ¿Alguien sería capaz de invitarme un par de flautas de pollo, con su jitomate, su lechuguita y ribeteadas con líneas de crema y salsa? —mientras habló realizaba la mímica que implica la elaboración de una flauta, desde el enrollamiento de la tortilla hasta el ademán de espolvorear el queso sobre el plato, saboreando la descripción.

Nuevamente se miraron unos a otros, caras morenonas y trigueñas, pelos negros y renegros. Felipe, retina amarillenta y manchas en las mejillas, intentó hablar pero se quedó en el puro gesto. Gonzalo, uno de los valentones del rumbo, aventó la palabra.

—*Flaco*, tráile unos tacos a éste.

Todos volvieron sus ojos negros y cafés hacia la figura parda de *Changuín,* expectantes, inquisitorios.

—Bien —reparó el hombre—, dos de todo; ¿estamos de acuerdo? —los escuchas asintieron a coro con un movimiento de cabeza, cabellos necios, hasta indómitos—. Bien, pero ¿quién de los presentes se aventuraría a afirmar y sostener que el alma tiene también dos de todo? —la gente burlona del barrio se vio en aprietos, pregunta marrullera e imaginativa, ojos divagando aquí y allá como las moscas del establecimiento—. Pudiera suceder que el alma tuviera cinco brazos y siete ojos o a lo mejor un gran ojo con el que mira los procederes de su casero. Es probable que ni piernas tenga, que sea una mancha grande, etérea, viscosa, forma de amiba, amoldándose a nuestro interior, palpitante...

El *Filósofo* detuvo su parlotear cuando el *Flaco,* solamente de apodo, luciendo un improvisado delantal de manta, le dejó suculento plato de peltre con tres flautas, idénticas a las descritas por aquél.

—Un refresquito, ¿no? —añadió llevándose el primer taco a una boca muy abierta.

Pero el adolescente galopino del *Flaco* le traía ya una *Manzanita,* pues ¿quién no le picharía un chesco luego de profundas ideas que poco se oían por esos lugares?

—Esos son puros embustes, inventos de loco —gruñó, aventurero y nervioso, Demetrio, el menos moreno, en tanto se levantaba y medio se despedía.

—Lo que pasa —lo detuvo *Changuín,* la boca llena y los dedos encremados—, es que tú eres un cuadrúpedo, pero menos cuadru que pedo.

La concurrencia se carcajeó en estruendo, liberando meditaciones retorcidas, aunque poco entendió. Y el menos entendedor fue el mismo Demetrio quien, rojo de los cachetes, retinas matadoras, gritó:

—No te rajo la madre porque se me ensucian las manos —y su salida fue irrevocable.

—A cada puerco le llega su San Martín —farfulló el *Filósofo,* metiéndose otra media flauta en la bocaza y dando luego sostenidos, gorgoreantes tragos a su *Manzanita.*

No, nadie sabía de dónde llegaba el fulano, ni se lo preguntaban. Sabían, eso sí, que alguna tarde apareció en la lonchería azul cielo del *Flaco* y que siempre regresó ahí, quizá

100

cuando el hambre o alguna idea lo estaba aniquilando con mayor fuerza. Varios cuchicheaban que se lo habían encontrado ya en otras colonias, platicando sus disparates confundidores. Loco lo sabían, extravagante, no cualquier pordiosero, gustaban de sus ideas enredadas como carpeta tejida a ganchillo. El fulano dijo llamarse Grotález *El Filósofo,* pero pocos se acordaban de esto y fue *Changuín* desde un principio, apodo que nadie se acreditaba en ese barrio, apodo cariñoso aunque torcedor. "Yo sólo quiero exponer y que me escuchen", explicó una de las primeras veces, "y si en la exposición lastimo y critico, oír, ver y callar, quien del mundo desea gozar, pues si pudiésemos comprender las agonías que se arrastran en torno nuestro (esas vidas que son muertes ocultas), necesitaríamos tantos corazones como muertes hay que sufren. Bástenos el luto que llevamos por nosotros mismos".

Sus ropas elegantes, más o menos las de costumbre, algún día tuvieron aspecto de agradar, pero ahora eran de gemir, plomizas, terrosas; el color de su piel y sus pelos desordenados era también gris, jerga de banqueta. Demetrio tenía razón: podían ensuciarse los puños con aquella sombra callejera, mancha grasosa que no arengaba ni pretendía el convencimiento, envuelta en una sabiduría de humoradas, distante del desenfreno de la santidad. Así explicaba su circunstancia en los momentos de mayor ebriedad y se burlaba de las formas del pensamiento llamándolas "manufactura de ideales, mitología lunática, frenesí de hordas y solitarios, sed mortal de ficciones".

Detrás de su mugre y su delirio se podían adivinar unos treinta y siete años. Se notaba que alguna vez había sido trigueño, joven, estudioso, próspero, de buenos modales y aromas. Pero declaró que una noche había renunciado, entregado a las voluptuosidades de la angustia; y desde entonces gustó de los peligros de la propia extinción. Se volvió experto en la moderna disciplina del horror, creando a cada momento podredumbre; y se redujo deliberadamente a cenizas. Se curó de la vida, como suele ufanarse. Con el tiempo incendió el árbol genealógico, evitó los pedigríes, adelantó el morir. La borrachera era el mejor medio de su renuncia.

No, nadie sabía que el fulano pasaba la mayor parte de su

tiempo por la Merced, en las calles de Regina, como miembro de una comparsa oscura compuesta por mujeres y hombres, costales mugrientos recargados sobre paredes melancólicas, o arrastrándose, heridos y desesperados, en busca de la bebida cotidiana. Aun la podredumbre, la comparsa mantenía ciertas relaciones similares a las de la otra sociedad; tal *La Chile Relleno,* mujer gorda y pestilente, compañera eventual del *Filósofo Grotález,* codiciada por su gran trasero, excelente almohadón en las noches de mucho frío. *La Chile Relleno* había elegido al *Filósofo* —no al revés—, por dos razones fundamentales: porque ella era una de las mujeres más cabronas del Centro —aunque no tanto como *La Lagarta,* la mejor amiga de *La Chile*— y porque Grotález era el que tenía más labia de todos. Cuando ninguno de los dos andaba de excursión, coincidían en la misma banqueta; se gastaban el dinero —que habían reunido durante sus vagabundeos— en la cantina de la esquina, o en la farmacia del eje vial. Juntos registraban algunos basureros para conseguir la botana y organizaban las fiestas de la máxima miseria.

Después de uno de estos jolgorios cenicientos, sin música, *Changuín* se lanzó hasta la lejana lonchería del *Flaco,* en La Candelaria. El grupo de jergas callejeras había estado bebiendo durante cuatro días hasta que, una tarde, amontonadas y soñolientas, dormían al pie de las cortinas de un comercio desaparecido. *El Filósofo* reposaba recargado en las pantorrillas de *La Chile Relleno;* tambaleándose y con una sonrisa de imbécil, se acercó a ellos *El Granchi* —exviolinista, hombre chaparrito, gran greña, lentes sucios con un vidrio quebrado—, se hincó a espaldas de ella y comenzó a acariciarle las nalgas. La mujer mediodespertó al sentir la mano, pero ni siquiera volteó, quizá creyendo que la sobadera le venía de Grotález y se hundió en ese balbuceo de placer. Pero *La Lagarta,* que divagaba unos tres costales más allá, se dio cuenta de las maniobras del *Granchi;* como pudo se puso en pie y llegó hasta el triángulo perverso, agarró de las greñas al chaparrito libidinoso y lo empezó a golpear y a insultarlo con todas las formas de mentada de madre que se sabía. Algunos se desperezaron lentamente para presenciar la espectacular madriza, entre ellos *La Chile* y *El Filósofo,* quienes entendieron de inmediato el escándalo. Entonces, *La Chile* se sumó a la golpiza, mientras otros intentaban detener a ambas mujeres; por su lado, Grotález se levantó, pronunció algún dicho y empezó a caminar alejándose de la reyerta. Todavía alcanzó a escuchar una mentada de madre que le dirigía *La Lagarta,* pero ya no se detuvo sino hasta la farmacia. Ahí se gastó sus últimas limosnas en un cuartito de alcohol y se lo fue chiquiteando en el camino.

Así arribó a la lonchería del *Flaco,* el alcohol bulléndole como luz cruel en los ojos, y expuso: "Si tengo que caer en el agujero, llegaré tambaleándome. Estoy hecho de vida que se come la muerte. Si todos los que hemos matado con la mano o con el pensamiento desapareciéramos de verdad, la Tierra no tendría habitantes. Y los que no tienen la audacia de confesar sus tendencias homicidas, asesinan en sueños, pueblan de cadáveres sus pesadillas." Sacerdote sin sotana, dirigente sin voz, guía sin mapamundi, comenzó a predicar para los muchachos que lo invitaron a la mesa. "Perdonen la exposición, pero traigo una yerba que me atosiga y me hace hablar. Soy la suma de mis fracasos. El que no contribuye a una catástrofe, desaparece sin dejar huella. Yo contribuyo aquí nomás con la mía. Contra la yerba: la contrayerba, el vino y la renuncia. Al fin que la borracha es mi alma, no yo", y siguió con su parloteo.

Pronto el *Filósofo* terminó con el plato flautero y con el chesco; la manga de lo que en alguna remota época fue suéter rojo, la utilizó como servilleta, para qué dar más lata. Los ojos le lagrimeaban de satisfacción.

—Bueno, pues —dijo—, terminaré con mis embustes y locuras, como gritó el puerco. Pero con calma, porque el chiste es hacer buena digestión. ¿Quién me regala un cigarro?

En esta ocasión, el mismo *Flaco* le aventó un *delicado* sin filtro desde sus sartenes, mientras los ahí reunidos sentían por dentro una especie de baba espiritual. Felipe le encendió el cigarro al *Filósofo.*

103

—Bien —se dispuso éste, luego de larga fumada—, como ustedes podrán darse cuenta, los temas teologicoexistenciales son bien peliagudos, y a ellos cada uno de nosotros debe dar su respuesta; de ahí que no me hagan mucho caso. Yo, lo único que pretendo es mostrarles que en cuanto uno se mueve tantito de lo que está parejo, inmediatamente rebuzna el animal. Si aceptamos que nuestra alma es una especie de amiba gigante, preguntémonos cuál será la forma de Dios y de todo su séquito. En los cuadros de las iglesias y los museos los representan muy monos y toda la cosa, pero creo que esa tarea deberían dejársela a los pintores abstractos y surrealistas. A mí, por lo pronto, no me gustaría irme al cielo a convivir con una multitud de amibas pegajosas e hipócritas; sería espantoso, quizá mucho más tremendo que el purgatorio y el infierno. No dudo, ni así tantito, en que la locura melancólica de la Cruz, sin ser todavía símbolo lanzaba ya su sombra sobre el espíritu. El prejuicio es una verdad orgánica, falsa en sí misma, pero acumulada y transmitida por las generaciones: hay que librarse impunemente de esta verdad atosigante. Que los pintores de la locura hagan su aparición y dibujen lo que durante tantos siglos se ha callado. Ni los horrores de las guerras superan el rostro del espíritu de nuestra civilización, oculto en la eterna obligación de creer...

En ese momento del discurso, quién sabe si aburridos, si asustados, o simplemente confusos, los muchachos comenzaron a irse, ofreciendo adioses silenciosos con las manos, en tanto el *Filósofo* volvía a bordar ideas retorcidas a propósito de la muerte y las razones contundentes para andar por la vida sin propósitos. Cuando Grotález percibió que la concurrencia había disminuido, apagó su cigarro, guardó la bachicha en una de las bolsas de su pantalón, dio las gracias y se fue.

Copilco El Bajo, 1982.
(Quedo muy agradecido a las ideas del *Breviario de podredumbre* de E. M. Cioran.)

PASEAR AL PERRO

a Carmen y Vicente Quirarte

AMAESTRADOS, ágiles, atentos, bucólicos, bramadores, crespos y elegantes, engañosos y hermafroditas, implacables, jocundos y lunáticos, lúcidos, mirones, niños, prestos, rabiosos y relajientos, sistemáticos, silenciosos, tropel y trueque, ultimátum y veniales, vaivienen, xicotillos, zorros implacables son los perros de la mirada del hombre que fijan sus instintos en el cuerpo de esa mujer que va procreando un apacible, tierno, caliente paisaje de joven trigo donde pueda retozar la comparsa de perros inquietantes. Su minifalda, prenda lila e inteligente, luce su cortedad debido a la largueza de las piernas que suben, firmes y generosas, y se contonean hacia las caderas, las cuales hacen flotar paso a paso la tela breve, ceñida a la cintura aún más inteligente y pequeña, de la que asciende un fuego bugambilia de escote oval ladeado que deja libre el hombro y una media luna trigueña en la espalda. La mujer percibe de inmediato las intenciones de los perros en el magma de aquella mirada, y el hombre les habla con palabras sudorosas, los acaricia, los sosea, los detiene con la correa del espérense un poco, tranquilos, no tan abruptos, calma, eso es, sin precipitarse, vamos, vamos, y los echa, los deja ir, acercarse, galantes, platicadores, atentos, recurrentes. Al llegar a la esquina, la mujer y su apacible, tierno, caliente paisaje de joven trigo, y el hombre y su inquieta comparsa de animales atraviesan la avenida de la tarde; a lo lejos, se escuchan sus risas, los ladridos.

MAÑANITA BLUSERA

CRISTINA se levanta. Uf, qué hueva. Cristina se siente horrible, lagañosa. Uf, es sábado, qué hueva. El reventón estuvo fuerte, grueso. Qué buena onda, ¿no? ¿Gustas una cuba o un toque? El pedo fue que yo llegué hasta la madre. Esa noche, después del reven, Cristina durmió vestida; ahora se tiene que desvestir a las diez de la mañana y vestirse de vuelta a las diez y media, o de perdis al cuarto. Lo bueno es que tengo una ropa muy chida, hijo; nada más es cosa de que le busques en las tiendas donde venden baras o en el tianguis. Dijeron que me quería hacer del pulmón chiquito, pero la Yola no se la tragó y me dijo andas hasta la jefecita santa, ¿verdad? Y Cristina se desviste, se quita sus ajustados, desteñidos pantalones de mezclilla con valenciana doble ancho y su blusa café brillante. No me gusta usar *brasier*, chale. No sé, me parece que hay que acabar con las chaferías maternas; y cuando puedo ni calzones uso. Se pone una vieja bata amarilla que definitivamente la transforma. Cristina se prepara una cuba; una cuba sí la aguanta, hasta dos, pero chiquitiadas. A ella le gusta el desmadre pero sin pasarse, es reventada pero se cuida, porque en un reven nunca se sabe qué te puede pasar y no falta algún gandalla que te la quiera meter. Cristina sale de la recámara haciendo de lado la cortina que juega el papel de puerta; camina descalza y la jode el frío del cemento. Todos andan levantados, pero no pela a nadie. Cristina entra al baño; ahí se quita la bata y las pantaletas que por casualidad se puso ayer. Su cuerpo trigueño es nuevo, nuevecito, no tiene vientre, no tiene llantas. Un regaderazo de agua fría le devuelve su belleza, le pone tensos los músculos, se los embuenece. Ya no hago deportes; se me hace una actividad de niña pendeja. Eso de ponerte tus chorcitos, cámara, qué mal pedo, ¿no? Sí, sí me gusta el danzón. No sé, como que es una música que nos toca muy de cerca. Entonces Yola, pero no seas naca, hija. Y Cristina, yo no estoy diciendo que pongan

107

a Rigo Tovar, ése sí, ni hablar. Uf, qué buena onda: un bañito de agua fría —no hay de otra porque eso de poner el *boiler*— y la vida le entra de nuevo a su nuevo cuerpo. Sale de la regadera y tiene que secarse con una toalla humedísima, utilizada esa mañana por todos los de la casa, pero ni se fija. Se pone de nuevo la bata y, al salir del baño, escucha que su mamá le grita desde la cocina: ¿A qué horas llegaste? Cristina dice chale en voz baja y, sin contestarle a su progenitora, se mete en su recámara. Se quita la bata y la avienta donde caiga y, mientras se aplica un desodorante de barra verde, desnuda con su vientre sin vientre, con el cuerpo deportivo a su pesar, baila un danzón en su recámara y ¿qué, no vas a desayunar?, pero Cristina baila desnuda un danzón con sus dieciséis preparatorianos años al aire tibio del mediodía, sin importarle la frialdad del piso. Recuerda la flautita del danzón y en el reven esa flauta sonaba alucinantemente extraordinaria. Cristina bailando en la noche, Cristina bailando en la mañana, siempre acompañada por un danzón imaginado: el de ahora, que suena dentro de su cabeza, y el de ayer, que del aparato de sonido a sus piernas se transformaba en otro, o sea si lo escuchas en tus cinco, suena distinto, se chafea, ¿entiendes?

Cuando pasa por el destartalado ropero que su padre compró hace mucho en el Monte de Piedad, toma una gorra negra que desde antier planeó ponerse para el concierto de blues y entonces un cuerpo deportivo con gorra negra baila cachondísimamente —una gorra maoísta, provocativamente maoísta, insultante porque otras chavas le sacan a vestir así, son muy reprimidas. Qué mal pedo, ¿no?—. Con la segunda cuba me puse muy crucheca, dije muchas pendejadas y bailé yo sola. A Cristina bailando sola en el reven se le acercó Felipe con chaleco negro de mezclilla y botas cremita, compradas, desde luego, en la *Canadá*, acá las tortas, y mientras baila con Cristina Sola muestra sus pequeñísimos vellos que despuntan sobre el pecho deportivo a su pesar, vellitos al aire, pero Cristina Sola no se ha dado cuenta de que Felipe baila con ella y escucha que le dice estás como quieres, hija. Cristina Sola lo odia y ya ni la chingas, hijo.

Esta vez no me pongo calzones, el concierto lo amerita. Se pone unos ajustados pantalones blancos que definitivamente muerden raya y muestran las nalgas nuevecitas, cristinianamente deportivas. Pone la gorra sobre las grises sábanas revueltas, se seca el pelo; los senos suben y bajan con los brazos, la toalla esconde y exhibe el rostro de Cristina. La camisa negra está planchada desde ayer. Felipe ataca, qué mal pedo, hija; danzoniemos sabroso, llégale y Cristina, ni madres, hijito, pírale.

Cristina con pantalones blancos se ríe frente al espejo del baño, recordando el reventón de anoche, y la sombra carmín aviva sus ojos y el rimel brilla en sus pestañas. Anoche, cuando la vinieron a dejar, la Yola le dijo que no se fuera a colgar porque el concierto era a las doce y que en el *Ferrocarrilero* había estado de poca. Cristina, antes de abrir la puerta, le contestó que no la hiciera de tos, que iba a madrugar. Cristina se pone la camisa, se la amarra por delante, y debajo de la tela solamente senos nuevecitos, antirreprimidos, aunque pequeños, senos volcancitos. Desayuna con la gorra puesta; unos cabellos negros flotan debajo de la visera. A grandes tragos se toma un tazón de café con leche, devorando de tres mordidas un pan de dulce. La Yola no tarda en llegar.

Y es cierto porque cuando Cristina se limpia los labios con una servilleta de papel, tocan a la puerta y escucha, cuando uno de sus hermanitos abre, que preguntan por la Cristi. Se levanta volando y pásale, grita, ya estoy lista y la Yola entra, esplendorosa; viste una blusa guinda suelta, mangas anchas, flotantes, pantalones de mezclilla negros ajustados, ultrajustados en los tobillos; calza zapatos negros tacón de aguja. Apúrale, ¿no? Y Cristina le apura; corre, chancleteando, hasta su cuarto; vuelan las chanclas y debajo de la cama salen unos zapatos negros tacón de aguja. Regresa y vámonos y salen a una calle terregosa, plagada de baches; a dos cuadras, en la avenida, toman el primer camión y, tres cuartos de hora más tarde, en el cruce con avenida Universidad, el segundo, que las llevará hasta la *Sala Nezahualcóyotl.* ¿No amaneciste cruda?, dice Yola. Y Cristina, pues no chupé mucho, más bien quemé. Luego Yola, ay, pues, yo sí, pero ya me

109

eché una cerveza. ¿Quién tocaba la música guapachosa? No sé, dice Cristina, pero esa flauta estaba chingona; yo quería bailar sola y un galán chingue y chingue. Y Yola, pues yo sí le entré con un chavo que me quería violar, pero le dije ni madres y él me respondió que qué culera y el culero eres tú, le dije, la quieres gratis; cuando yo tenga ganas te mando llamar, hijo, pero él insistió aliviánate y yo me alivié y nada más me metió la mano. Después nos fuimos; tú ibas hasta la madre, ¿no?

Llegan a la parada de la *Nezahualcóyotl* y de ahí a la sala no hay más que un toque de marihuana de distancia. Y de que se lo dan, se lo dan, tuuutuuutuuus, y parece que compitieran a ver quién hace más ruido al quemar, uf, tuutuuutuuusss, qué buena está, y al pasar al estacionamiento lo apagan. Van más o menos pachecas gómez; algunos chavos piden un boleto que te sobre, maestras, hijas y, ya en la entrada de la sala, perciben un vago requinto, te lo dije, ya empezó. Ni pedo; ya no hay lugares. Te lo dije. Felices porque hay luces multicolores en el estrado, dejan de hablar; bajan por una de las escaleras laterales y los aplausos del personal, que sigue la negra voz de Willie Dixon y la batería y el bajo y el requinto y la armónica, las empequeñecen, las medio sacan de onda, pero sólo por un momento, porque pronto se incorporan a la emoción colectiva. Se sientan en las escaleras y se ponen a fumar sus *Baronet* sin importarles nada, más que gozar la música que no se imaginaban que iba a estar tan buena onda y como si se hubieran puesto de acuerdo se paran y al poco rato comienzan a mover las caderas, mientras el blues va y las relame sin respeto y ambas cierran los ojos dejándose ir. Sus caderas se mueven cada vez más rápido y el blues de la noche negra suena en la sala y de momento sólo existe Willie Dixon cantando ante un público desconocido que parece entender totalmente lo que vinieron a tocar desde Memphis.

Las diferencias se diluyen escuchando esa música que parece inventada por un dios gozoso, juguetón, martirizado, y te saca sensibilidad de entre los escombros sentimentales que te provoca esta mugre sociedad, ¿no? Y parece que son músicos serios —aunque cada uno vista como quiere—, porque sudan, se ponen de acuerdo para tocar un blues que más bien suena a rock, y lo que es extraordinario, según dice el papelito, Willie Dixon tiene más de cincuenta años y los que estamos aquí reunidos no pasamos de los treinta ni bajamos de los quince. Y sin embargo, Dixon entiende qué es lo que nos pasa y nos agita, nos desamodorra y con su grueso, tambaleante cuerpo nos invita a estar alegres y aunque le llevaron un sombrero mexicano él dijo que se queda con el suyo, con el comprado en New York, porque no soy payaso, entiendan que yo canto muriéndome, cargo con una pierna de plástico, me gusta verlos gozar porque de alguna manera la juventud de ahora está jodida y yo los invito, amiguitos, a que se dejen violar por estos músicos que me acompañan y escuchen la habilidad y la tristeza del piano de Sunny Land Slim, mientras mi voz, reconozco que ronca y violenta y alegre, lanza una rara energía porque nuestra música es una mezcla extrañamente humana de anhelos por vivir, llorar, gritar, amar a la vuelta de la esquina y está muy bien que ustedes hagan escándalo y me interrumpan y aúllen porque sin ustedes todo sería triste —esta sala solitaria con una tristísima tonada de blues fantasma me mataría—, pero lo bueno es que están y se vienen hasta adelante y no les hacen caso a los que cuidan cuando les dicen que se sienten, que respeten.

Todo está bien; ahora escuchen este rock que ya conocen por los *Rolling Stones* y pónganse incómodos y nos ponemos incómodos y todos quisiéramos bailar en la sala, pero no, sólo un puñado de chicas mueve sus caderas en sus ajustados pantalones y bajan bailando y se les suman aquellos chavos insolentes que por primera vez pisan la *Nezahualcóyotl* y que, al irse apelotonando debajo del estrado, desacralizan la sala y la transforman, por dos infinitas horas, en un hoyo, hoyo blusero, hoyo fonqui, mientras Willie Dixon dice que le gustan las *mexican little girls* y ellas entienden y agitan la cabeza y a una chica se le cae su gorra negra y no le importa, por favor, siéntense, están estorbando, no mames, hijo, tuuutuuuutuuusss y todo el ambiente se llena de humo voluptuoso, tuuutuuutuuussssss, y luego ellas mueven las caderas, sobre

111

todo sus caderas, porque el concierto lo merece y otros pasados, gandallas, filósofos, nacos, escritores, chavos de la onda, fotógrafos, jovencitos greñudos, rockeros, manitos, médicos, infantes terribles, ingenieros, sociólogos, hijitos del alma, nos alocamos con el primer festival de blues en México y no podemos quedarnos quietos porque nunca han dejado que vengan los *Beatles,* los *Rolling Stones, Yes,* ni *Génesis,* nadie, y ahora que aparece el extravagante John Lee Hooker no importa que la *Sala Nezahualcóyotl* se convierta en hoyo blusero con luces verdenaranjazulrojas y que no quieran que fumemos porque, ni madres, hijo, hay que gozarla y la estamos gozando, nosotros, los diez mil chavos que aquí nos sumergimos en un blues que se queja, exige, libera emociones porque el blues está aquí y, aunque han pasado los años, el espíritu de los viejos bluseros se rejuvenece en la melodía y, bajo sus sombreros de jipijapa reclamando el derecho a ser yo, el individuo, el que decide por sí mismo, te obligan a respetarlos.

Y, como un regalo a la euforia, los chavos apelotonados hasta adelante van haciendo una ruedita y, en el centro de ella, como brotado de los anhelos de todo el personal, baila un negro, se mueve sensualísimamente, mientras John Lee Hooker dispara su requinto sentado en una silla *ad hoc,* sólo moviendo los dedos, el gatillo del requinto y mirando fríamente a una juventud que lo reclama más de cerca y él accede y se pone de pie y ahora son dos negros bailando, uno lentamente, el que está abajo, rodeado de chavos, y el maldito Lee, deshaciéndose, que sigue ametrallando nuestra sensibilidad para cerrar el ciclo supremo, hijo de mi alma, y todo se convierte en brazos que se levantan siguiendo en el aire los sonidos de la armónica que está a punto de desmadrarse en la gruesa boca de ese malvestido blusista y la música sigue y la música sigue y el blues sigue, sigue la armónica del viejo Big Walter Horton y sí, son nombres extranjeros, son hombres de otras galaxias, pero parece que se dijera Rodríguez y Aguilar porque nos quieren con sus armónicas y con sus trescientas guitarras, y nos transmiten una experiencia de toda una vida nocturna y mañanera y se están desgarrando en

una canción que dura cinco minutos porque cinco minutos
son suficientes para desgarrar toda una vida y por eso nos
agitamos y aullamos, admirando la tradicional y nostálgica
guitarra de Jimmy Rogers, hijo, y después de todo, ¿qué?,
si así lo queremos, ni modo, no hay nada más que decir, lo
mejor hubiera sido que el Distrito Federal completo se ente-
rara por su propia piel de lo que son capaces cuatro músicos
en el estrado, subidos como si nada, como si nada más hubieran venido de sus casas, aquí, a dos cuadras, después del
desayuno y todos, público y músicos, nos hemos olvidado de
que afuera de la sala está el sol y las nubes y la ciudad que
crece espasmódicamente con su violencia, y dentro de la sala,
me cae, ha salido otro sol, el sol del blues, señores, que
salgan a tocar la última y el escándalo es mayor, John Lee
Hooker se niega, pero los zapatazos, los aplausos, la gritería,
los chillidos lo reclaman, él se va, se le cansó el sol de tanto
darse a este público mexicano, sin embargo John Lee Hooker
acepta y la puerta por donde salió se abre y la escandalera se
vuelve indescriptible, solamente nos la llevaremos guardada en
la piel para siempre, con la voz de Willie Dixon tatuada en los
brazos como si fuera una tarántula y los ojos perdidos del maldito Lee encajados en algún lugar de este cuerpo colectivo, y la
escandalera se vuelve indescriptible porque Lee Hooker acepta
seguir ametrallándonos y él pregunta con su provocativo existir
que si queremos más bala, que si deseamos que el sol siga bri-
llando dentro de la sala, y le contestamos que sí con aullidos,
aplausos, gritos y agitando los brazos y las caderas. La sala
se apacigua misteriosamente, espera a que se enciendan de
nuevo los aparatos y luego un requinto inicia el último toque
de la mañana.

IV

FOTOGRAFÍA

a Guadalupe y Alejandro González Durán

EN LA ESQUINA se detienen dos *VWs* conducidos por mujeres. Algo se dicen de una ventanilla a otra mientras el semáforo se pone rojo. Se abre la portezuela del *VW* de la derecha, asoma una pantorrilla joven, tensa, bienformada, se apoya en un pie que se apoya en el pavimento. Aparece la mitad de una mujer. Del otro *VW* surge una mano delgada, rubia, limpia, joven también, sosteniendo una caja de cigarros. La de la pantorrilla toma uno, dice algo, mete su mitad de cuerpo y cierra la puerta; la de la mano mete la mano mientras la mueve como diciendo adiós. El semáforo se pone verde, el *VW* de la izquierda arranca y da la vuelta; el otro se va derecho. Suena un claxon.

SENCILLA MUJER DE MEDIODÍA *

ESTA sencilla mujer de mediodía, además de largos pasadores naranja en su cabello, tiene el extraño nombre de Violeta. Se puede encontrar a Violeta entre paredes caseras, saliendo de alguna puerta color tabaco, detrás de sus ojos azules y un vestido amarillo suelto, con ese vuelo discreto que le ofrecerá al inocente viento de abril. Pero su ámbito originario son las calles arboladas bajo un sol oriente que calienta y hace oblicuas las sombras de la mañana. Y Violeta transita hacia la lejana frescura de telas blancas, cruzando su paso con los sinceros lilas y morados de la bugambilia y las hirsutas cabelleras en flor de la jacaranda. Se dice Violeta, eucalipto, azalea y trueno y es hablar de un mismo espacio que lanza al cielo silenciosas voces de tonalidades diversas, sencillas y jocosas.

Violeta entra naturalmente en sus pasos, su cuerpo se mueve como el imperceptible crecimiento de las plantas de sombra que un día nos sorprenden con su presencia de fuego, ni mustio ni pretencioso. La misma luminosidad azarosa surge en las mejillas de Violeta; en ella está también el principio que explica las flamas que se posan en las grandes ramas cuando el invierno se ha ido. El pelo ámbar a la altura de la barbilla y recogido apenas a los lados se balancea con la misma modulada cadencia del vuelo de su vestido. Forman una simetría contrapendular, ordenada por el ir pausado de Violeta y el asimétrico vaivén de sus brazos, cuyos ambarinos vellos a veces brillan en la temperatura cálida que baja a la Tierra y se levanta de las banquetas. La mujer camina hacia la exactitud porque sus largas piernas avanzan por un camino de certezas, apenas demorándose para que ella mire una enredadera esponja, o para dar paso a los automóviles que cruzan su viaje solitario por la avenida arbolada.

* Frase de Germán List Arzubide.

119

Reinicia su andar entonces apoyándose segura en los zapatos color dorado mate, de punta redondeada y tacón a media altura, felices y discretos. Ellos sugieren las relaciones de la mujer con el sol, ese noble pariente que la acompañará a lo largo de la primavera y el verano, ofreciéndole sugerentes consejos de luz y sombra, de tibiezas y ardores, de flores sutiles e insectos galantes. Espíritu del sol calzando sus pies, puntas de llamas en el vestido y el cabello, detalles de fuego rojo en sus labios, amplia habitación del sol en su mirada, Violeta mueve las líneas de sus pantorrillas, libres bajo la tela volante que termina donde principian los muslos. Su piel ha ido cobrando la tonalidad ligeramente sepia de algunos crepúsculos de mayo que maduran hacia los amaneceres siena de junio y julio. Mientras tanto, la mujer va cubierta con ese sepia musitado, camino a la blancura y la tibieza.

Elige una calle empedrada e introduce la lumbre de su cuerpo y su vestir entre una vegetación un poco más apretada, entre edificaciones antiguas que han guardado en sus piedras el paso de centenares de abriles, y sus altos muros han permitido que las trepadoras depositen lo verde y broten de ellas minúsculos peces blancos, azules, colorados. Se podría afirmar sin duda que la mujer se ha desprendido de ese ambiente y ha vivido siempre bajo esos eucaliptos y colorines que nunca alcanzarán los brazos extendidos del sol. Por este vericueto estrecho de antaño los olores entran en desnuda plática, revuelan lentos y se meten al cabello de Violeta, se estrechan a su rostro y se introducen bajo el escote oval; las palabras aromáticas le platican historias de mujeres tan hermosas como ella que han transitado la misma leyenda. Violeta, sin proponérselo, responde con el lenguaje del aroma de su cuerpo y devuelve frases táctiles que se mezclan con los olores eternos de ese mediodía.

En el momento en que la mujer da vuelta en un callejón todavía más apretado, su ausencia resulta evidente en el camino que abandonó. Pero la nueva calleja se abrillanta y ahora es difícil distinguir entre la luz de la vegetación y la de Violeta, pues se reconocen, comprenden y confunden. Mencionar lumbre, abril, pirul, sitio del sol es decir que Violeta avanza sobre los bordes del ardor permitiendo que la noble humedad de los muros roce sus labios apenas gruesos. Esa caricia desciende a sus hombros que van al aire y de allí a los brazos y a sus senos frutales, a la cintura y a la cadera, hasta detenerse sobre sus piernas. Violeta lo agradece porque la humedad representa el mensaje mustio de la penumbra consentida, de los giros primeros de la ternura, de esa otra vegetación donde también existe una plática de aromas, colores, formas.

La mujer cambia el ritmo y se pone ágil, semejante a gloria que echa a volar sus menudas flores. Así son sus movimientos, decididos, irreversibles, semejantes al cambio de invierno en primavera. Y Violeta lo comprende en el palpitar de sus flexibles músculos, como se entienden entre sí la música y una mujer que duerme, el ciervo y la encina, el carbón encendido y el incienso.

Llega al fondo de la calleja y se detiene ante una puerta pequeña de cedro; toca ligero, la puerta después se abre de manera automática y Violeta entra cerrando tras de sí. En una débil sombra, aparece una escalera de madera color tabaco rubio, sube con plenitud produciendo percusivos ecos que la acompañan. Llega a una estancia donde hay muebles bajos de pino, objetos de límpido cristal, espigas de trigo multicolores explotando en lugares discretos, cojines de floreadas telas hindúes, viejas figurillas de bronce y latón, ceniceros de vidrio azul; todo ello sobre una alfombra blanca con manchones canela semejante a la pelambre de las cabras. La pieza es apacible y la mujer levanta los brazos, gira lentamente sobre sí misma danzando para el silencio y se detiene poniendo sus brazos sobre los muslos. Se despoja los zapatos, sus pies reciben la caricia de la alfombra; da vuelta alrededor de la mesita de centro gozando las pisadas.

Ahora, se encuentra detenida frente a una puerta entornada que da a otra habitación, se acerca y percibe una penumbra más densa, candenciosamente la penetra. Ante la frescura de un lecho verde limón, el cuerpo y el vestir de Violeta son el fuego: los pasadores, su cabellera, el rostro, sus hombros, los vellos de sus brazos, el vestido, sus piernas, los pies descalzos.

121

La sencilla mujer de mediodía se decide y deja totalmente libre su pelo y lo agita con lentitud produciendo brillos en la sombra. Se aproxima a la cama, lleva sus manos al lienzo, lo acaricia largamente; luego lo retira dejando descubiertas las sábanas. Mientras Violeta se despoja las llamas que la cubren y un fuego mayor ilumina la recámara, Abril entra a la pieza desnudo. Se tienden sobre las telas blancas, en la exactitud de la penumbra consentida, entre las complicidades del silencio, y empieza otra plástica de aromas, colores, formas, juegos de luz y sombra, flores sutiles e insectos galantes, donde sobrevendrán nuevas humedades.

HUMO EN SUS OJOS

Después del cine, la llevó a su departamento, con la argucia del cafecito. Cuando se acomodó en el sofá, la morenita se veía tensa; sólo ante la taza de café, decidió quitarse el suéter. Roberto tomó asiento a su lado, sirvió azúcar a ambas tazas y le ofreció distraídamente un *benson* blanco. Ella lo aceptó, lo encendió y lo fumó con toda naturalidad. A medio cigarro, le dio ya por estar platicadora y hasta aventuró alguna broma. Aplastó su *benson* blanco, bebió un poco de café y volteó hacia un cuadro. Tal distracción permitió a Roberto extraer rápidamente del interior del saco una cajetilla de *mapleton*; cuando la mujer volvía a la charla, recibió, casi impuesto, un cigarro. Lo tomó con fatalidad porque en lo más profundo asomó la duda. Pero ya le servían otro café y le pasaban el humo delante del rostro. Aspiró varias veces la vainilla de su cigarro y cobró confianza; descruzó la pierna sin importarle dejar fuera las rodillas. En el momento en que daba una sostenida fumada a su largo *mapleton,* sintió la pierna de Roberto. No retiró la suya, aceptó la repentina tibieza; acercó entonces su cuerpo al otro, tomó café y siguió fumando. En esta ocasión, sin aguardar a que ella terminara el cigarro, de entre los cojines, Roberto sacó unos *benson* mentolados. El verde metálico de la cajetilla relumbró en la mirada de la morenita y llevó sus dedos hasta el nuevo cigarro. Deseó que se lo encendieran de inmediato; antes de sus palabras, el fuego le respondió. Aspiró hondamente, los ojos cerrados; un brazo la rodeó por la cintura. Mientras soltaba una raya gruesa de humo, recibió unos besitos en el cuello, que la hicieron sonreír ligeramente, como el aroma sensual de la vainilla y la menta. Continuó fumando, la falda subida hasta media pierna, en tanto una mano le andaba por los senos. Cuando supo que pronto sería desnudada, la morenita encendió otro *mapleton.*

LAS MUJERES LOS PREFIEREN CALVOS

a Claudio Molina

UNA DE mis preocupaciones importantes en mi adolescencia, aparte mi torpeza para enamorar a las muchachas, fue la calvicie de mi padre. Lo veía untarse cremas de olor medicinal, enjuagarse el cabello con pócimas de hierbas o aplicarse una solución que le traían de Estados Unidos; alguna vez adoptó el método de lavarse el pelo sólo dos veces por semana, o de manera terciada. En fin, mientras transcurría mi primera juventud, intentó múltiples procedimientos y utilizó diversos compuestos químicos, pero todo fue inútil. La calvicie arrasó con el ochenta por ciento de su pelo castaño oscuro y mi padre todavía no llegaba a los cuarenta. Cuando cobré interés por el sentimiento de vanidad, todas las mañanas veía el peligro sobre mi almohada: se me estaba cayendo el pelo a los dieciocho. Aunque a ratos se me olvidaba el problema, la angustia asistía puntual a mis noches.

Después, debido fundamentalmente a lo de las muchachas, me llevaron al psicoanalista. Al poco tiempo, ella —porque resultó ser mujer— pidió que me practicaran análisis clínicos. Estos arrojaron una verdad que de momento no comprendí, pero me alegró: la superficie de mi cabeza estaba a la perfección. No existían razones capilares para que yo me estuviera quedando calvo. La terapeuta demostró así que el problema se encontraba dentro de mi cráneo.

Luego de un año de sillón y dos de diván, dejó de caérseme el cabello, aunque lo de las muchachas estaba aún por resolverse. Unos meses después, al fin, conseguí una novia, con la que me casé de inmediato. Luciendo una cabellera ondulada y abundante entré a la Secretaría de Educación Pública, tuve dos hijos y asistí a los funerales de mi progenitor.

Sin embargo, hace unos días, a raíz de una charla con unos

compañeros de la oficina, volví a preocuparme debido a un curioso descubrimiento. Como a las cuatro y media de la tarde, estábamos en el *Café Río,* Ernesto, Gonzalo y yo.

—Ya vieron que Alicia se cortó el cabello —empezó Ernesto, a quien no sólo le gustaba Alicia, sino que tenía una amplia y madura calvicie a pesar de sus treinta años.

—Sí —respondió Gonzalo, a quien también le gustaba Alicia y cuyo pelo iba desapareciendo día tras día mostrando ya una seria entrada frontal en su juventud—, pero no me gusta cómo le quedó. Se veía más bonita antes.

—Le queda bien, y al cortárselo se le oscureció, lo que hizo que su rostro resalte más bellamente —agregué y, por lo que dije, puede inferirse que a mí también me gustaba Alicia.

Como si Ernesto no me hubiera escuchado, pues gozaba enredándose en cualquier controversia —especialmente con Gonzalo—, tomó la palabra.

—Con el pelo corto parece francesa. Además, si no te gusta —se dirigía a Gonzalo—, podría ponerse una peluca de cabello largo y sanseacabó.

Gonzalo, quien evita entrar en discusiones aun provocándolas y gusta de la autoburla, la autocrítica o del masoquismo, bajó un poco la voz y dijo:

—Las que usan peluca no me gustan; no soportaría acariciarles la cabeza sabiendo que estoy tocando un objeto inanimado. Mejor la dejamos así, con el pelo corto; Alicia es bella de cualquier modo... Bueno, pensándolo bien, quienes necesitamos peluca somos tú y yo —y hundió su rostro en el vaso del café capuchino que Sonia, la hija de la dueña del *Café Río,* le acababa de traer.

Al darme cuenta de que la plática estaba derivando hacia una situación extraña y podría surgir la ofensa y el disgusto, decidí intervenir.

—No te pongas así, Gonzalo; ser calvo no es en rigor un problema. En el psicoanálisis supe que era un asunto aceptado socialmente, como cualquier regla de urbanidad. Las mujeres, y a veces las mejores, se enamoran de los calvos y no creo que se pongan a pensar en la cantidad de pelos. A un hombre calvo se le respeta, se le quiere, se le estima —me detuve

126

un momento para sorber mi café americano; mientras, ellos guardaban un atento silencio—; es más, a través del tiempo han simbolizado la autoridad, la madurez, la rectitud. En Europa son cuestión común y corriente, y allá las mujeres los prefieren calvos. Es cierto que en México es menos usual, pero no es un problema...

Cuando llegué a esta última palabra, vi el azoro de la cara de Gonzalo y el disgusto en la de Ernesto. Ambos tomaron un contrariado sorbo de sus capuchinos, alargando el silencio como para darme oportunidad de rectificar.

Yo me sentí un poco apenado; además, la sensación rara me iba envolviendo cada vez más. Luego de un sorbo rápido a mi americano, intenté corregirme y, sobre todo, alentarlos.

—Ponte a pensar una cosa, Gonzalo —continué, mirando oblicuamente el ceño fruncido de Ernesto—; los enanos sí están en desventaja. Llaman la atención, simbolizan lo extraño, los marginan, los fetichizan, les temen. En cambio, a los calvos todo el mundo los quiere, los respeta y nadie te dice "mira, ahí va un calvo", ¿verdad? Los albinos, ésos sí que están fregados, tanto como los enanitos o quizá más, pues un enano puede andar de arriba para abajo en la calle a pleno sol y no le lastima la luz. Nunca he visto a una mujer colgada del brazo de un albino, si no es para guiarlo. Entre un enano, un albino y un calvo, sale mejor librado este último; yo no tengo ningún amigo enano ni albino. Recuerda que mi padre fue calvo; yo no podría ofender así a mi familia...

En ese momento, apoyando ambos codos sobre la mesa y con sus ojos firmes puestos en los míos, Ernesto intervino con palabras lapidarias.

—Ya párale, manito; de todos modos nos chingaste...

—Bueno, las que verdaderamente están jodidas son las mujeres calvas, pero yo no he visto a ninguna... —explicó Gonzalo, conciliador.

Aceptando implícitamente conciliar, o poniendo su interés en la variación del tema, y después de limpiarse con una servilleta de papel unas manchitas de espuma capuchinera, Ernesto siguió.

—Mi familia ha sido de calvos e, incluso, una tía mía es calva. Le he visto la calvicie varias veces; realmente es todo un espectáculo. Tiene una docena de pelucas, muy similares entre sí, todas pelirrojas y las guarda en un clóset, como si la avergonzaran, lo cual me parece ridículo. Me imagino que las pelucas son semejantes porque mi tía pretende dar la ilusión de que este cabello es su cabello, pero todo mundo sabe que no lo es.

—No digas eso, Ernesto —dijo Gonzalo, poniendo su vaso sobre el plato—; crees que todo mundo es tu familia. Seguramente las demás personas no se dan cuenta. Yo, por mi parte, no tendría ningún reparo en relacionarme con una calva —concluyó aun contradiciéndose.

—Sí, ya conozco tus gustos por las antiguas costumbres egipcias; si quieres, te presto a mi tía —se burló Ernesto, quien siempre tiene una ironía en la punta de la lengua—. Ahorita estaba pensando en los hombres que usan bisoñé, me recuerdan a mi tía; creen que no se les nota o que se ven muy guapos. Pero quiero decirles una cosa: yo no tengo problema con la calvicie —se pasó la palma de la mano sobre su brillante gran calva y miró a otros parroquianos calvos que departían en las mesitas—, pero los calvos vergonzantes no me caen bien...

—¿Calvos vergonzantes? —dije y de inmediato me terminé mi americano.

—Sí —prosiguió Ernesto—, casi lo acabo de decir; me caen mal los que usan sombrero o bisoñé, o los que se peinan el pelo hacia adelante como patricios romanos; en fin, los que no asumen valientemente su calvicie. En cambio, los que no se preocupan son dignos de admirarse, pues saben perfectamente que la historia de la humanidad está llena de calvos famosos. Presidentes, escritores, astronautas, generales, deportistas, sacerdotes, cronistas, científicos, etcétera.

—Yo estoy totalmente de acuerdo —dijo Gonzalo, a quien ya no le quedaba ni una gota de su capuchino—, y aunque tampoco me gustó la comparación que hizo aquí mis ojos —me señaló con los suyos—, enanos famosos ha habido pocos; al menos, yo sólo recuerdo actores, saltimbanquis y payasos.

—Es cierto —me atreví a hablar, no sin temor—: ha habido pocos. Pero el otro día leí en el periódico sobre un enano muy inteligente que vive en Estados Unidos, y su gobierno lo tiene becado. Juega cien partidas de ajedrez al mismo tiempo, realiza operaciones matemáticas mucho más rápidamente que algunas computad...

—Ahora sí párale, párale —me detuvo Ernesto—, que nos estás chingando nuevamente... —y se tomó el último trago de su capuchino.

Guardamos silencio los tres, pagamos los cafés, nos despedimos y cada uno se fue por su lado. En el trayecto, volví a sentirme extrañamente preocupado, como en mi adolescencia. Cuando por fin llegué a mi departamento, después de saludar a mi esposa, a quien le preocupa la evolución de su cabello, dije:

—¿Sabes...?

—¿Qué? —dijo ella mientras jugaba con mi copete.

—Aunque no me falte ningún pelo, soy un calvo vergonzante —mi esposa retiró la mano de mi cabeza y me miró extrañada.

—Sí, soy un calvo vergonzante y nunca me lo dijo la psicoanalista.

(1982)

MUJER CON CIRUELA

a Gabriela Becerra

A TRAVÉS de la puerta entornada se yergue la figura de una mujer. En la habitación hay una bullente mezcla de grises y blancos donde predomina la sombra. Detrás de la mujer, la ventana permite una luz pálida. Lejos del cristal se extiende un cielo nublado; de allí la penumbra clara. La figura ve hacia la puerta y sostiene en su mano derecha una ciruela grande y roja. Sus delgadas formas están inmóviles; resultaría difícil afirmar que palpita. Los ojos, habrá que imaginarlos; se diluyen en la tela plomiza que aparece a contraluz en el rostro. No obstante, las sutiles líneas de ese mismo rostro insinúan la belleza donde las sombras viven un silencioso festín. La imagen alargada de la mujer sugiere una diosa lejana que sostuviera el símbolo del amor y el fuego. La luz, que parece emerger del cabello, crea una especie de peineta o tocado divino. Ella sigue inmóvil y callada, esperando que un tiempo remoto termine de poseerla. El fruto sostenido es luminoso y todavía permanece rojo.

COMPLICADA MUJER DE TARDE *

a Neda y Enrique Anhalt

TOMARON el habitual acuerdo de encontrarse a las seis de la tarde, en el *Parnaso* del centro de Coyoacán. Usted sabe perfectamente que la mujer es puntual, exacta como la lenta caída del sol; por ello usted llegó diez minutos antes, buscando la tranquilidad. Además, le gusta verla arribar a los sitios entre las sombras vespertinas, en sus entallados pantalones de pana café oscuro o verde seco, bajo su cabello rojizo, rizado y corto. Le gusta la manera en que levanta el brazo para saludarlo desde la sonrisa lejana de su rostro trigueño, la forma cadenciosa en que se abre paso entre las mesas. Luego, usted se levanta y la recibe con un beso en la mejilla, la invita a sentarse, le acomoda el asiento a sus espaldas, le musita algún elogio a sus zapatos cafés de tacón bajo, sobrios como la luz ocre que se estampa en los muros de la iglesia de San Juan Bautista. Usted prefiere que ella inicie la conversación, pues la sabe llena de palabras, muchas y diversas palabras, descripciones jocosas, experiencias que se han disipado pero que toman fuerza en los recuerdos de ella. También le gusta escucharla por su voz firme, entre aguda y grave, de pronunciación correctísima, y por esos labios que dibujan claramente sonidos en una boca apenas delineada.

Cuando usted la conoció en aquella fiesta que terminó en *El Riviere,* centro nocturno animado por el Combo San Juan, la pensó una mujer delicada, de familia enriquecida, lo cual le hizo opinar que ella se encontraba fuera de su natural ambiente. Con el tiempo se enteró de que su intuición era justa, pero con el matiz de que la mujer había estudiado física y no derecho como había sido la costumbre familiar. Du-

* Frase de Germán List Arzubide.

rante las primeras pláticas que sostuvieron en los días siguientes, usted percibió en ella una cólera acechante, afilada con los años, retenida en el mayor esfuerzo, y optó entonces por no despertarla. Le puso en el rostro cariños ligeros y ternuras tan perfectas como las margaritas menudas. No deseaba que de ella surgieran los vocablos tremendos, duros, irreversibles, hacia usted; sólo escucharla, verle sus modulados ademanes, el movimiento de manos largas y ojos sepia, o tomar el café, la forma en que fuma, nada más. Que orientara su enojo existencial hacia otro tiempo, alguna significativa ausencia, o hacia los años perdidos en esa difícil vereda que ahora los ponía juntos. Pero palabrasgolpe que estuvieran más allá de los lindes de sus reuniones por la tarde.

En esas circunstancias, sus diálogos se convirtieron en una especie de combate delicado, ceremonioso, apenas percibido por ella, pues de usted partía la estrategia de una tregua sin que hubiera mediado guerra alguna. Usted supo que en una situación así lo mejor era adoptar la más sutil de las ambigüedades, teniendo de su parte el sí y el no confundidos o preparados para trocarse uno en el otro en cuanto una opinión de la mujer pretendiera maniatarlo. De esa manera usted fue preservando el tiempo largo que ambos se permitían y que siempre se disipaba en la primera oscuridad de la noche. Se despedían amablemente y las palabras de ella lo acompañaban.

Entre los secretos de usted se encuentra su inclinación por mirar a las mujeres, por escucharlas, por percibirlas en sus diversas manifestaciones, sin que forzosamente tenga que sobrevivir la hechura del amor. De ellas, usted puede retener una manera de bailar solamente, una mirada intensa que usted captó en el interior del descuido, o la forma de tomar un vaso en esos instantes de profunda intimidad de las mujeres. Desde luego que usted no ha hallado la posibilidad de manifestarle esta inclinación, pues entiende que tomaría contra usted un gran resentimiento desde sus veinticinco años. Esto complicaba aún más sus relaciones; usted debía mostrar naturalidad y poco interés en ella, de momento interesarse demasiado y luego emprender una cautelosa retirada, o con maestría llevar hacia otro terreno un tema que podría acercarse a la dificultad. Se trataba, pues, de proteger su embozado fetichismo, que sabía anacrónico, pero no populista, pues usted se acerca a las mujeres que le pueden remover sensaciones de luz y regocijo pausado, semejantes a los atardeceres que viste un calmo mar, o a las reflexiones felices que se levantan desde las luces azafrán desperdigadas y bulliciosas de una sudorosa y rica vegetación.

La mujer que usted estaba esperando ante una taza de café, sumido en la mansedumbre que otorga el ocio acariciado, esa mujer, con quien departía en esta sucia y densa ciudad, ya lo había llevado, a través de sus ojos sepia como río aromático, al placer de los paisajes originarios que han gozado decenas de generaciones. Ella quizá había presentido los viajes que usted realizaba en el húmedo mirar de la mujer, y por ello, sin proponérselo, condescendía al arreglo cuidadoso y limpio. La vez del suéter púrpura que se iba diluyendo en lilas hacia los hombros, sembrado hacia el medio de menudas flores siena, o cuando la discreta peineta oro viejo atajaba hacia su izquierda los rizados cabellos rojizos como si un antiguo sol fuera metiéndose entre las espumas que él mismo pintaba. Quizá ella había sentido las visiones maravillosas que provocaba en usted. Quizá también por eso la que usted llegó a denominar "complicada mujer de tarde", se iba a los *jeans* deslavados y a la blusa sobria como indicándole vías hacia paisajes nuevos, urbanos, fatales. Pero usted aparentaba no darse cuenta y se metía en el combate blandiendo su pulida ambigüedad, moviéndose ágilmente ante las contradicciones, las insinuaciones oscuras de la cólera, el mensaje que dando giros entre lucubraciones y trampas se refería a usted de manera velada.

En esas tardes usted sentía la necesidad de confesarle su fetichismo y explicarle las bondades de relacionar a la mujer con las fuerzas de la naturaleza; que en especial ella le había despertado luminosidades con sus vívidas historias, su pelo, sus ojos, su nariz pequeña, sus parvos labios, con su cuerpo firme de mediana estatura. Que no se trataba de un miserable fetichismo de burlesque, del cual usted también renegaba.

135

Pero se detenía cuando la confesión estaba a punto de brotar, pues aseguraba que la complejidad aumentaría debido a que se vería obligado a manejar un discurso filosófico y ridículo, poético y pueril, adicionándole las reflexiones de ella, sus preguntas metódicas, sus objeciones matemáticas, sus argumentos contestatarios. Y entonces la batalla se inclinaría ostensiblemente hacia el territorio de la "complicada mujer de tarde".

Estos pensamientos de usted transcurrieron entre las diez para las seis y las seis y veinte ante una mesa del *Parnaso*, sin que usted se diera cuenta del andar del tiempo. Miró el reloj y se enteró de los minutos idos, cierta inquietud modificó el sentido de su ocio; por la consabida exactitud de la mujer, supuso problemas delicados, contratiempos montruosos, tragedias ineludibles. Miró hacia la iglesia, ruta por la que ella siempre llegaba; inquieto, la vio aparecer justo en la acera contraria a la del *Parnaso*. Su cabello era más rizado que otras veces, una blusa guinda oscuro, suelta, reposaba sobre sus caderas, de las cuales descendían unos *jeans Edoardos* que remataban en tenis también guindas. Desde aquella acera ella lo descubrió y agitó el desnudo brazo derecho; usted observó el dibujo agradable que formó una sonrisa en el rostro trigueño, la sonrisa de siempre.

En el instante en que ella atravesaba la calle, usted empezó a descifrar los símbolos con que ella venía ataviada. Todo era igual a otras ocasiones, pero hoy había algo novedoso y alarmante: veinte minutos de retraso combinados con una naturalidad demasiado artificiosa y un cabello violento. Quizá fuera ésta la última batalla.

EL HOMBRE DE NEGRO

a Heliofloras

UN HOMBRE embozado en su capotón negro, con un sentimiento hundido en el pecho como estaca, de manera subrep-
ticia viola el tiempo donde existió y viola las oficinas de
concreto. Sube, emocionado y misterioso, por las escaleras
de servicio. Si escucha algún ruido, detiene el paso, lleva la
mano derecha a la empuñadura del sable y espera que el peligro se aleje. Sigue subiendo, mientras en su pecho ahora
juguetea una canción plateada que susurran voces negras:
sólo tú. Llega a un piso muy extraño y sabe hacia dónde di-
rigir sus pasos. Penetra en la habitación del fondo, donde el
aroma a mujer es tan fuerte que él lo reconoce al entrar.
Aspira hondo para llevarse en la memoria esa presencia que
en ese momento es sólo silencio y penumbra, tiempo perdurable y transfigurado. El Hombre de Negro mete el brazo debajo de su largo capotón, hurga en el pecho como sacándose
un dolor, y extrae una flor luminosamente amarilla que trajo
del tiempo, cultivada tal vez en la zona norte de San Marino.
La deposita en un florero de barro y sale.

JENNIFER

No sé desde cuándo Jennifer, la del cuerpo firme y perfecto, ha ido penetrando los deseos, el insomnio, el gusto de los hombres que habitamos las noches del Distrito Federal. Quizá cada uno de los hechizados hemos tenido un encuentro singular con ella, la de la danza moderna y milenaria, de senos cordiales, por quien atravesaríamos dos ciudades multitudinarias. Aunque no sé de este tiempo trivial y no me interesa su transcurrir, compartiré mi encuentro con la del negro, metálico cabello de joven yegua encabritada. Un sábado por la noche llegué a casa desde la puerilidad; mi esposa y mis hijos estaban durmiendo. Me desvestí en la penumbra de la recámara, cauteloso; encendí la televisión para tener un ruido que me acompañara. Me acosté a las espaldas de mi esposa; se me dificultaba dormir y me puse inquieto. Luego de una larga hora, me fui quedando dormido y aparecieron sueños agitados, pasillos, puertas y gente brumosa que se desdibujaba y dibujaba todo el tiempo. De forma paulatina las escenas fueron desapareciendo, hasta quedar solamente un pasillo luminoso. Percibí música, tonos apagados que venían de lejos; reconocí una voz de mujer que entonaba una canción en inglés para mí desconocida. Decidí mirar y frente a mí estaba Jennifer, danzando sobre una balada placentera, entre luces alucinantes, un vestido ligero y firme ceñido al cuerpo, alta y sugestiva, la engatusadora.

En aquel breve instante de fascinación admiré su voz y sus maneras, me abandoné al placer; me hundí en la de piernas sublevadas, voz segadora, insurrecta de sí misma, volcada, alegre. Cuando cesó el baile, apareció un locutor, llamado Luis Carbajo, diciendo "ha sido la maravillosa Jennifer".

Esa verdad televisiva no me interesaba, no había querido reconocerla, entregado a la mujer incendiaria, gitano maldito que engaña a su esposa. Todavía con las sensaciones lumínicas, quizá aún dormido, coincidí con el elogio del señor

139

Carbajo; pero al mismo tiempo me decepcioné, ya que prefería el sueño-Jennifer, prolongado toda la noche.

Al otro día, la primera imagen que vino con el sol fue la de ella y la guardé en el desconocimiento de mi esposa. Deseando aún la posibilidad del sueño-Jennifer, la irrealidad me pobló durante la semana siguiente y me orilló a las riberas de la desesperanza. Era explicable que me sintiera deprimido; la experiencia de encontrarme frente a la mujer inverosímil era la del deseo más intenso por poseerla. Sólo me quedaba el transcurrir del tiempo y la banalidad.

Llegó el sábado siguiente y mi inquietud con él. Pasaron las doce de la noche con lentitud, sintonicé el canal once, empezó *Buenos días*. Minutos después, cuando el señor Carbajo leía unos mensajes enviados por los seguidores del desvelo, me di cuenta de la importancia de Jennifer. Los mensajes pedían que la proyectaran otra vez. Carbajo explicó que si tenía tiempo en el transcurso del programa, con mucho gusto la pasaría por enésima ocasión. Sin estar en noticias de lo que me estaba sucediendo, mi mujer me acompañaba frente al televisor. Después de la una de la mañana, se quedó dormida. Yo seguí, ya en la desesperación, aguardando a la mujer de los insomnios consentidos. Poco antes de que terminara *Buenos días,* el conductor accedió, para los privilegiados de la madrugada.

Atento, pude gozar su danza perfecta, preparada, entre luces espasmódicas, lo sensual embozado en la ternura. Era Jennifer, la verdadera, cantando *Hazlo por mí,* existente. Las imágenes le hacían un estudio preciso, pendenciero, mostrándola enteramente, en las vueltas de su diversidad, sin ponernos trampa alguna, francas. Su rostro era como la tibieza de la media mañana, apenas maquillado, y malicioso. Su voz era regocijada, tranquila, sensual y adolescente. Pero en su constancia, en su infinitud, en su reaparecer, Jennifer también era inconstante, finita, desaparece, se va.

Vinieron otros sábados y vendrán más. Es cierto que sólo podía ver a Jennifer cada ocho días, a lo cual me acostumbré, pero deseaba oírla entre semana. Una tarde fui al "Mercado de discos", hablé con una de las dependientes; su inmediato rotundo "no" me avergonzó. Sentí que había hecho el ridículo no sólo al preguntar por un disco de Jennifer, sino al haber opinado que era "maravillosa". Pensé que únicamente la conocíamos unos pocos pobres chilangos; pero me reconforté al oír que ya varias veces habían preguntado por los discos de esa tal Jennifer.

Luego, viéndola semana tras semana, me enteré de que Carbajo estaba haciendo lo imposible por traer discos de ella, otros videos y, si le era posible, invitarla a México, donde la cantidad de sus admiradores iba creciendo por las noches. Se dieron casos de mujeres celosas que lanzaron mensajes contra la pobre e indefensa Jennifer; o de las que mandaron decir que pasaran temprano a la no tan maravillosa Jennifer, para que sus maridos pudieran dormir. Algunos hombres románticos y mediolocos han mandado poemas de amor, o textos más cursis, similares a éste.

La fama secreta de Jennifer, la sibila de las formas, la exacta en su reiteración, la predecible; la fama de Jennifer se ha ido desbordando entre los chilangos nocturnos. Solamente los que transcurrimos en la oscuridad nos hemos vuelto sacerdotes de la divina de sí misma, la arrebatada apacible, la sobornadora del tiempo noctámbulo.

Aunque algún día se llegara a apagar la tal Jennifer, ella se encuentra ya en el espacio de las sombras acumuladas; en los sueños, la desesperanza, los deseos de todos nosotros. Ella, Jennifer, la que ha ocupado cien veces sus originarias pisadas, la finita, el ocaso, la inconstante, la que desaparece, la que se va, Jennifer, la bruja imposible.

ZACATE/ESTROPAJO

a Magaly Lara

LA MELENA del zacate entra, sale, rodea, baja, raspa, lame, humedece, hace espuma, plaf, en la jabonadura, vuelve, ataca, escurre, se desliza, quita y quita, se empequeñece, se va quedando calva, la arrinconan, la juntan con otra melena, desaparece.

143

RELATO CON JACARANDA

a Russell M. Cluff

DESDE varios años atrás el cambio de estaciones se daba de forma incomprensible, en especial la dolorosa mutación del invierno en primavera. Así iba sucediendo durante los primeros días de abril. Calores de pronto quemantes se alternaban con vientos violentos, contundentes, o un aire ligero se acompañaba de un frío filoso, profundo. Luego de tumbos, altibajos, turbulencias, el clima se iba estabilizando y se ahogaba en una monotonía que sutilmente inquieta los deseos.

A pesar de la multitud de construcciones y del inmenso espacio que abarca el pavimento, la vegetación se desparramaba por la ciudad. En algunas zonas era apenas simbólica desde jardineras discretas, botes empeñosos, o uno que otro árbol en las banquetas; pero, hacia el poniente, la vegetación se iba apoderando de las anchas calles. Se detenía en los jardines amplios al pie de las casas, subía a las paredes, saltaba hacia las aceras como ríos verdes y azules y bugambilias.

Fuera de uno de estos predios, en las Lomas de Chapultepec, un hombre de vestir modesto estaba bajo una gran jacaranda. Veía la amplia copa violeta, aparentemente deshilachada; midió la altura, imaginando el ruido estruendoso y el movimiento espectacular que produciría el árbol si cayera hacia la calle; quizá alcanzara la otra banqueta y aun lamiera el muro de la casa de enfrente. Muchas veces lo había visto ponerse verde, violeta y sepia de nuevo.

Era el árbol al que más afecto ponía. Le cortaba periódicamente las puntas resecas, castraba retoños que pudieran convertirse en ramas rebeldes. Lo fumigaba, encalaba el tronco en cada reciente descarapeladura. Todo ello lo hizo porque se trataba de una de las jacarandas más grandes, bellas del rumbo, y porque era la jacaranda de Ángela. Como ya había

145

sucedido varias veces aquella mañana, las personas se detenían a verla cuando estaba en flor. Los elogios percibidos al vuelo por el hombre significaban para él una recompensa importante, lo mismo que los comentarios exagerados de Ángela. Unas palabras y otras lo habían hecho sentir que su existencia estaba bien en sus zapatos burdos y sus pantalones de mezclilla, en los cuadros rojos y blancos de su camisola y en su cachucha de beisbolista.

El hombre bajó la mirada, se acomodó la gorra, giró hacia su derecha, se dirigió a la entornada puerta de fierro, entró y cerró dispuesto a cumplir la orden. El portón negro, de dos hojas, se unía hacia el oriente con una larga cerca, y juntos daban un frente de unos cuarenta metros. Las víboras negras de la herrería se elevaban creando caracoles en el centro y rematando en puntas de lanza dirigidas al cielo. Los nudos donde coincidían las culebras del portón y de la cerca eran disimulados por un girasol blanco de lámina; la sucesión de puntas de lanza formaban medias lunas acostadas consecutivamente.

La casa de dos pisos, grande, los muros pintados de blanco ostión mate y la herrería de negro, quedaba a unos treinta metros al fondo; mediaban diversas plantas y algunos árboles colocados de manera estratégica. Una doble fila de arbustos custodiaba el camino recto que dividía en dos el amplio jardín. Por esta vereda iba caminando el hombre de la gorra de beisbolista; llegó casi hasta la puerta principal y dio vuelta a la derecha, donde se perdió tras unos matorrales de manzanitas del amor. Las ventanas de líneas rectas mostraban una arquitectura discreta, precisa, sobria, que contrastaba con la herrería de la calle.

Cuando el hombre entró, Ángela lo vio desde su ventana, en el piso superior, hasta que se perdió de vista. Puso un momento la mirada sobre los violetas de la jacaranda, que volaban sobre la cerca, los miraba como intentando retenerlos; después, les dio la espalda y, rodeando la cama, fue hasta el clóset. Se dedicó a sacar su ropa, a ordenarla según el tipo de prenda sobre la colcha de gobelino guinda y dorado.

Ángela era una mujer alta, delgada, linda. El cabello negro

146

le rozaba las medias lunas de los hombros, su tez más bien clara que trigueña. Bajo los ojos grises, ojeras tenues se desvanecían hacia pómulos apenas marcados; nariz recta sin ser fina, boca de grandes labios. Senos separados, sugerentes y generosos a un tiempo. Cintura delgada, cadera madura, piernas largas, Ángela tenía veintisiete años. Un calor quemante empezaba a ascender hacia la frescura donde la mujer seguía acomodando su ropa. Pensaba que en esta ocasión no lloraría.

Desde que dejó la mesa, en la planta baja, luego de su largo silencio tras las palabras que le expuso al licenciado Humberto Mateos L., se prometió que no lloraría. Antes de bajar, Ángela había decidido no levantarse hasta que terminara el último ritual en el que ella participaría en esa casa, pasara lo que pasara. La firmeza le nacía de una comprensión especial, que le tomaba espíritu y cuerpo, llena de sentimientos contradictorios, pero por primera vez ante un camino claro, definitivo. Tristeza, vértigo, odio, lástima, cariño, se mezclaban de golpe. Bajo esta diversidad de sensaciones estaban la angustia y el miedo, duros, secos, dolorosos, no lo podía negar ni lo deseaba pues también eran determinantes. En los anteriores intentos por abandonar la casa había fracasado, hundiéndose en otra multiplicidad anímica. Amenazas, chantajes, dudas, culpabilidad, llanto, la hacían deshacer las maletas, aceptaba las prebendas que el fracaso en turno le otorgaba. Las escenas de la noche anterior le habían abierto el camino, desencadenándole el estado emocional que ahora la llevaba hacia movimientos irrevocables.

A las tres de la mañana, Luis Arturo estacionó el Mercedez Benz junto a la jacaranda. Ángela se dio cuenta de que la luz de la biblioteca, en el primer piso, estaba encendida; nerviosa, todavía se quedó media hora más con Luis Arturo. El motivo de la charla no importaba tanto. Al fin se despidió de él, bajó del auto, abrió el portón, atravesó un poco apresurada las sombras del jardín sintiendo el viento frío sobre el rostro y las manos. Entró por la puerta principal, a oscuras se dirigió a las escaleras. Luego de subirlas, de caminar inquie-

147

ta hacia su habitación, el licenciado Mateos se asomó desde la biblioteca y la llamó.

Aunque sintió ganas de no hacerle caso, la mujer obedeció; una vez dentro, él cerró la puerta con toda calma. Sin pronunciar palabra, el hombre se acercó al sofá de terciopelo verde oliva que tenía delante. De ahí tomó un carcaj que tenía cinco flechas profesionales, se lo puso sobre el hombro derecho. Enseguida manipuló un arco rojo, lo apoyó contra el piso; presionando sobre la punta superior hacia abajo cerró la curva de la madera. Tensó la cuerda colocándola en la ranura ajada; la hizo vibrar como cuerda de violonchelo. Sus movimientos eran hábiles, rápidos, exactos. Preparó una flecha naranja, apuntó hacia un estante de libros voluminosos, giró lentamente hasta detenerse ante el respaldo de un sillón, cerca de Ángela. Parecía ubicar el blanco donde clavaría la saeta, pero de pronto bajó los brazos y la guardó en el carcaj. Miró a los ojos grises de la mujer; con una voz engolada, tensa, aún pretextando calma, dijo: "Ven, sígueme".

Salieron de la biblioteca y bajaron hasta la oscuridad del jardín. La mujer, pasmada, seguía al hombre poseída por un miedo enorme, sin opinión sobre lo que estaba sucediendo. En el instante en que supuso que Mateos dispararía, sus sentimientos se cubrieron por un velo turbio que la distanciaba de los hechos y siguió al hombre por seguirlo. Mateos caminó hacia la izquierda al cuarto de jardinería, junto a una perrera grande. De pronto, se encendieron las luces del jardín develando manchones verdeazules, rojoverdes o verdeamarillos, agitados rítmicamente por el viento. Se escucharon leves ladridos; apareció el hombre jalando de una cadena a un dálmata joven. Se internaron con dificultad en el pasto a unos diez metros de la mujer; en el tronco de un trueno ató la cadena y regresó. Eligió una flecha de sofisticadas navajas, la acomodó cuidadosamente sobre la cuerda. Levantó los brazos formando un triángulo sobre la base de la media luna del arco, apuntó hacia el animal. El perro ladraba y gruñía una y otra vez; quería zafarse con violentos tirones. Las manchas blancas del mapa de su piel brillaban alternativamente bajo la luz según sus movimientos. Dirigía el alargado hocico

148

negro hacia su dueño; sus ojos húmedos parecían mirar en el desconcierto, sin entender lo que sucedía. El aroma de las flores iba hacia su nariz y ésta pretendía oler en la noche una respuesta. Quizá todos sus sentidos habían creado esa memoria instintiva y condicionada sobre la utilidad del arma que en ese momento orientaban hacia él y no hacia los animales que recogía y entregaba con destreza a Mateos.

En el aire frío de esa madrugada de principios de abril, cortando los olores, la noche y un haz de luz, la flecha silbó ligeramente, viajó casi invisible como un rayo discreto y perforó los tensos músculos del cuello del dálmata. El cuerpo del perro cayó bruscamente hacia atrás, como si el sólido golpe de una patada lo hubiera derribado para siempre. Produjo algunos sonidos extraños desde la garganta y se convulsionó mientras la sangre pintaba el pasto. "Uno de los mejores tiradores del país", dijo el hombre. Después, vino un silencio total.

Ángela corrió hacia el interior de la casa, subió hasta su recámara, se encerró. Durante un largo lapso escuchó ruidos en el jardín, percibió desde su oscuridad que la luz de afuera se apagaba. Sintió los movimientos del hombre en la planta alta, supo que también él se había encerrado en su habitación. Hasta entonces, pudo respirar normalmente; se quitó los zapatos y comenzó a caminar de un lado a otro. "Si pudiera irme ahorita mismo, me iría", fue el primer pensamiento de la mujer. A la noche le quedaba una vida breve.

Ángela se acostó sin desvestirse; con los ojos cerrados vivió ráfagas de recuerdo que se montaban unas en otras. Pasó a través de los anteriores intentos por abandonar la casa; voces lejanas, escenas, colores, rostros se superpusieron hasta que apareció una noche en la que su madre, tan joven como cuando murió, la despertaba y decía "Nena, nena, ven, levántate". Sin entender, la niña obedeció y miró el llanto y la prisa en el rostro de su madre, quien le vistió simplemente un abrigo y salieron rápido del departamento. Al ir bajando las escaleras, la niña preguntó: "¿Y mi papá, mami?"; la joven señora guardó silencio y cargó a su hija antes de salir a la calle. Afuera, las esperaba un carro.

Luego de que este recuerdo se repitió varias veces, siempre sin respuesta, Ángela se fue calmando y con el resplandor del amanecer se quedó dormida. Despertó a media mañana, se aseó, llamó por teléfono un par de veces, bajó a desayunar. El licenciado Humberto Mateos L. untaba mantequilla a un pan tostado. Ángela tomó asiento frente a él. Le miró la calvicie, la nariz enrojecida, la cazadora de gamuza miel. Una mujer indígena ataviada de uniforme a rayas blancas y rosas los atendía silenciosamente.

Después del jugo de naranja, de algunos sorbos a un café negro, Ángela habló: "Papá, me voy". El hombre intentó decir algo, pero ella lo atajó: "No quiero escucharte. No hay nada que discutir, absolutamente". Mateos lo sabía, así que desistió de cualquier frase. Pero a la sirvienta le ordenó que llamara a Celorio. Minutos después, apareció Celorio enrollando una gorra de beisbolista entre las manos. "Buenos días", dijo sin mirar al hombre ni a la mujer, "dígame, don Humberto". "Quiero que me tumbes la jacaranda de la calle", indicó Mateos. Al notar que Celorio no se movía, explicó: "Ve y dale con el hacha hasta que caiga... ¿Ahora sí entendiste?" "Sí, don Humberto", respondió y salió poniéndose la gorra.

LA CANCIÓN DE VIRGINIA

a Arcelia y Jorge Ruiz Dueñas

VIRGINIA anda por la ciudad, no sé precisamente en qué calle. Puedo asegurar que viste un traje verde a cuadros; su bolso y su gabardina cuelgan del hombro derecho. Es triste no mirar sus zapatos cafés en los charcos de esta tarde, ni saber si fuma mientras pasa bajo un anuncio. Mis amigos y yo quisiéramos hallarla e invitarle un café o una cerveza, darle una historia de plantas y cielos despejados, hasta que se durmiera. Tan sólo acompañarla entre los autos y los camiones, pisar las mismas banquetas y entonar la canción *Virginia anda junto a mí*. Pero todos sabemos que ella llora la canción *Virginia anda sola por la ciudad*; su bolso y su gabardina cuelgan del hombro derecho. Los lleva por llevarlos, porque se le antojó tomarlos del sofá, porque nada más extendió el brazo como ahora atraviesa una calle, una avenida, la puerta de un hotel. Virginia anda por la ciudad y trae un sentimiento semejante a sus zapatos; con él patea un bote de cerveza y tararea una canción, lo mete en los charcos. No sabe del bolso ni de la gabardina, no sabe que su vestido verde a cuadros no le va tan mal. Quisiéramos estar junto a ti, Virginia, invitarte un café, o una cerveza de las que te gustan; subir las escaleras y entrar contigo al cuarto, Virginia. Entonar una canción, leer tus labios, que durmieras y te soñaras entre plantas y cielos despejados; quisiéramos retozar contigo en la cama y, si tú lo permites, Virginia, morirnos también contigo.

POEMA DE AMOR

a Blanca Dorantes

"PARA que una noche me la quites" fue su manera de decir "nos tendremos". Le dije que era un placer saberla con ella. Oculté que era ya un goce decirle que le regalaría ropa íntima. "Para que una noche me la quites" y me ofreció una sonrisa ligera, poniendo el ámbar de sus ojos en los míos. "Exacto, exactamente, para quitártela" fueron mis palabras. Hacíamos la referencia abierta a los momentos sutiles, cuando las luces tenues se descubren. Cuando el silencio es denso y la aceptación, irrevocable. Supe que en su vestido lila se pensó desnuda; supo que imaginé desnudarla. Fuera del restorán, la tarde pasaba amable por la puerta.

Bebió un sorbo de café, asomando todavía sus ojos y era "ámame, aquí mismo". Entendí a la perfección, como la primera noche. En el momento sutil "tengo miedo" escuché cuando mis labios rozaban su hombro; luego, en silencio, decidió entregarme el primer fuego.

Como aquella ocasión, entendí hoy. Salimos por la puerta de la tarde, la tomé por la cintura y vinimos adonde ahora la pienso. Mientras, reposa a mi lado.

DE FUEGOS Y COMBATES

1. El alba de un perdedor

Su mente era una hoguera que a lapsos breves y súbitos se levantaba de sus rescoldos. Durante la alta noche no supo en qué momento se quedó dormido; las horas habían sido largas y llenas de sobresaltos antes de que el sueño viniera. Horas en que el fuego se elevaba desde su cuerpo como deseando lamer las cortinas del cuarto del hotel. En esa aurora, la primera sensación que lo puso ante el cielo raso fue la de las llamas calcinando sin quemar su piel, en especial los brazos y el pecho. Luego, con el auxilio del duchazo de agua fría, se calmó el crepitar, pero la hoguera estaba dentro, constante; en el sitio del espíritu había un pequeño zepelín ardiendo permanentemente, sin que nunca terminara de llegar a su forma cenizas. Pensó, sujeto a la ebriedad de la desesperación, en esos lapsos eternos donde el alma es una tea incandescente y surgen las visiones que pocas veces nos son dadas. La muerte cercándonos y rotando implacable desde nuestro propio cuerpo, la muerte sin rostro, o con el nuestro. O maquillada con los rasgos del silencio, lo imposible, la soledad y la reflexión. Se preguntaba si no era mejor la muerte que todo lo ciega, la que se conoce una vez y en ese conocimiento se va la vida. Con puntillosa amargura se reconocía un privilegiado en la desgracia; estaba en y ante la visión de la muerte y podía atestiguar que no era necesario morir para sufrirla. Amante ebrio de lo extraordinario y lo maravilloso, ahora se encontraba en el centro de un acontecimiento inaudito. Mas de qué le servía ser el protagonista de un hecho fundamental, fuera de orden.

Con la reflexión el fuego se avivó, lo ahogaba en cada movimiento de cuerpo o mente; comprender era seguir quemándose, porque en el vertiginoso recuento de su vida aparecían

155

los signos que lo arrojaron con el tiempo hacia esta aurora, a este cuarto sin dueño. Signos invisibles del fuego, mustios signos que se fueron recargando unos contra otros semejando un montón de leña inocente. Entonces se trataba de los preparativos o de las flamas irreflexivas, las que se van acumulando mientras la palabra designa los objetos cotidianos, la querencia súbita, el cuerpo bello de la mujer, o el llanto de los niños, pero irreflexión ardiente, huidiza, cualquiercosa, pequeña llama que en el descuido quema como la degollada cabeza de un cerillo. Ahora, a final de cuentas, lo reconocía, reuniéndose, danzando en la incomprensión, simulando incendios de utilería, dragones de las calles, mentira de las flamas.

Cómo dolía en esos instantes la comprensión, cómo se inflamaba sobre el cuerpo maniatado, desde los ojos estupefactos que miraban viejos y tristes muros, la rendija de luz que partía en dos el cuarto y que le anunciaba el movimiento de un domingo que no le podría brindar ayuda en este tiempo inmenso en que se reunían sus fuegos. Los que se prenden en la desidia y en la torpeza nos visten de cómicos, aparentemente extintos, fuegos que engendran fuegos.

En medio de la visión, paralizado, supo que las luces del amor podían trocarse en estas dolorosas luces necesarias, custodiando sus recuerdos agudos.

No sólo amaba el cuerpo desnudo ajeno; amaba también su cuerpo amando al otro, amaba amar, amaba amando. Sobre el blanco horizonte marital, abierto y perdurable durante las noches, se entregó paciente y decidido a una hoguera distinta a la de hoy, la que se va alimentando con la mirada, el tacto lento, las cercanías y los alejamientos, como los sumisos y calientes acoplamientos de los cuerpos. En aquellas noches amplias percibió el brillo del amor y supo que la luminosidad brotaba a borbotones desde la mujer y él, mínimas explosiones atómicas desde sus pieles, hongos microscópicos de energía amorosa. Suponía que no se trataba simplemente de una concepción del mundo y de la vida, de alucinantes ideas deseosas de perdurabilidad; era el verdadero fuego del amor, el maravilloso, el que duraba más allá de su transcurrir, el que calentaba la habitación y flotando salía por las ranuras. O cuando se abrieran las ventanas, volando hacia el espacio para reunirse con otras luminosidades, explosiones, amores que bogaban hacia la infinitud, ya en lo infinito.

A ese amor también él lo amaba, amaba amar y amaba amar porque entendía que ese acto era su salvación; le justificaba tanto tiempo de nada y tanto, sus errores y locuras, sus atrevimientos y vergüenzas. La forma más antigua de matar a la muerte, amar amando, ponerle trampas, antes de que sobreviniera el fallecer del cuerpo, burlándola, venciéndola en duelo de luces, haciendo inútil su danza macabra.

Pero quién le iba a decir que ahora lo estaría cercando, en este laberinto de fuegos propios que lo acorralaba mientras el mundo salía a uno de sus tantos domingos y él reflexionaba sobre los últimos acontecimientos que lo habían puesto frente a la desgracia. Explicarse la situación era terminar de construir el laberinto, era saber que este sistema de fuegos que subía en llamaradas de angustia no lo soñaba nadie, fuego verdadero, su fuego.

Cuando por último recordó a su mujer abrazada de aquel hombre poderoso, el que les había dado trabajo años atrás y ahora le arrebataba la salvación; cuando sus pensamientos arribaron a esa escena, luego de los vericuetos alrededor de tantos años de vida marital en que el laberinto invisible se fue creando sin que ella ni él lo descubrieran; en fin, cuando la mañana de aquel domingo en el Distrito Federal ya ofrecía toda la fuerza de su calor, el hombre se dio cuenta de que las llamas llegaban a su máxima temperatura, ese fuego, su fuego, era un fuego que mataba, simplemente, estúpidamente, sólo la muerte.

2. La noche de un perdedor

a William Samperio, mi padre, in memoriam

Le fue arrebatada la mujer por el hombre cuya fuerza era un fuego arbitrario en sus manos; las llamas del poder que-

157

maron la dignidad del guerrero despojado. Y la cólera de éste se estrelló en el rostro del cinismo, semejante a olas encabritadas contra el collado.

Solitario, sin mujer que lo atendiera ni lo escuchara, el hombre tañía la cítara con manos tranquilas y soberbias, a fin de cuentas manos terrenales y divinas. Su voz entonaba una canción que refería la historia de una ciudad ámbar que había muerto varias veces en la inevitabilidad de los bronces afilados. Afuera de su tienda, bajo una noche clara, los que aún eran sus compañeros habitaban la derrota y discutían sobre los mejores ofrecimientos a dioses y míseros mortales. Entre la muralla de madera, construida en el pánico a lo largo de la playa, y el horizonte plagado de hogueras cuyas flamas lamían la oscuridad y las primicias del reciente triunfo, diseminados sobre el campo de batalla, yacían hombres y caballos.

Mientras el sonido de los tumbos del mar fluía a su espalda, el guerrero solitario entendía perfectamente que la afrenta ahora le otorgaba el fuego mayor, el que incluso cubría al fuego arbitrario, el que sólo podría ser apagado en su penúltimo gran sufrimiento. Durante aquella noche de pesadumbre, quizá el ingenioso Odiseo, en el camino hacia la íntima música, acompañado por otros jefes militares, pensó en el inmenso y paradójico poder que cobraba su amigo y se dijo que, con el tiempo y el infructuoso chocar de los metales, resultaba lo mismo intervenir en una guerra debido a una mujer, que volverse atrás por idéntica razón. Probablemente su amigo, el guerrero humillado, permitiría que el incendio abordara las naves, en tanto su canción serena viajaría con tranquilidad hacia la historia.

TIEMPO DE AGUAS

LA LLUVIA también moja nuestros sentimientos. En ellos, que son la tierra del espíritu, brotan plantas de tristeza, de alegría, de nostalgia y de recuerdos.

Y vienen a nuestra mente las tardes de lluvia cuando nos mojamos mientras jugamos futbol, o cuando el cielo se tiñe de gris y hasta las cosas más bonitas se humedecen.

Por eso, esta tarde, detrás de mi ventana, aunque el agua cae lejos de mí, siento que me mojo.

SUEÑOS DE ESCARABAJO

a Maricruz, Eduardo y Oriana

ALFREDO no era lo que se llama un muchacho clase media-media, sino que, para su desgracia, provenía de la clase media-baja. Sin embargo, como a todos los muchachos, *Los Beatles* se la rajaban. Nunca los ha entendido, bueno, nunca ha entendido lo que dicen en sus canciones; pero de cualquier manera se la rajan. Ahora, Alfredo debe tener unos treinta años; en el tiempo de las tardeadas contaba con quince o dieciséis. Vestía las ropas que heredaba de sus anticuados tíos, de esos tíos que les encantan las canciones rancheras y los boleros. Prácticamente podría decirse que Alfredo odiaba a sus tíos por ambas razones: por la ropa que usaban y sus gustos musicales. No soportaba las fiestas de la familia en donde a media borrachera salían las guitarras y comenzaban con *Ya llegó tu enamorado* y terminaban, ya bien pedos, con *Página blanca*. No, no las soportaba; sentía que todo mundo era un verdadero imbécil vestido de imbécil. Pero ¿quién fue el responsable de esa actitud aparentemente antimexicana? —porque no hay actitud más antimexicana que odiar las canciones rancheras y los boleros—. Pues un grupo de rock que muchos llegaron a llamar *Los Escarabajos*, o sea *Los Beatles*. Si en ese momento se le hubiera preguntado a *Fredy* por qué responsabilizar al grupo inglés por sus fanfarronerías, no habría sabido responder. Simplemente hubiera hecho una mueca ofensiva o una lépera señal con la mano. No obstante, hubiera sido una respuesta verdadera y profunda, porque dos o tres años después de la conmoción causada por *Los Escarabajos*, se quiso ir unos meses de su casa, en medio de un gran escándalo, y se fue para siempre.

Los Beatles lo entristecían, lo enardecían, lo ponían jubiloso. Su imaginación volaba y de pronto soñaba que Adela, una bellísima muchacha que vivía unas cuadras más allá de su casa, le tiraba un papel desde el camión del colegio, que decía "Nos vemos en la tarde, en el Parque de la China, donde los ahuehuetes son confortables; podremos tomarnos de la mano sin que nadie nos moleste. Los ahuehuetes serán la escalera que nos lleve hasta los hombros del espacio azul celeste que soñamos todas las noches y, una vez encaramados, nos daremos un beso."

Entonces, Alfredo se veía ir hasta el horrible ropero que compartía con su hermano el chico y se ponía a escoger entre las veinte o treinta camisas —todas de colores pasteles y cuellos blancos—, hasta que, un poco aburrido, sacaba una color rosa pálido. En lo que se la ponía, de uno de los cajones del horrible ropero saltaba una melodía: *Las cosas que dijimos*; las notas iban y jugueteaban con su rostro, se le enredaban en el cabello y después, porque ya era tarde —Adela podría llegar y decepcionarse; seguramente patearía los ahuehuetes—, apresurado, metía el brazo entre la ropa, descolgaba un saco gris, sin solapas ni cuello, con cien botones que cerraban hasta el pescuezo y se lo zampaba. Olvidándosele imaginar los pantalones y los zapatos que se pondría, en un santiamén se encontraba caminando por una vereda del Parque de la China y ahí venía Adela, vestida aún con el uniforme de la escuela, pero con sus zapatos de tacón y sus medias de señorita color canela. Sin pronunciar palabra, se sonreían, se tomaban de la mano y —como si sólo bastara estar juntos y ser jóvenes— caminaban hasta el pie de la escalera/ahuehuete y subían, subían, sus manos se apretaban más y más y, ya encaramados sobre los hombros del espacio azul celeste, las notas musicales que habían saltado de su cajón ahora se reactivaban y brotaban del cabello de Freddy, creando una ligazón sonora entre Adela y él. Ella lo admiraba, lo veía desde la eternidad de sus ojos castaños —las palabras seguían siendo inútiles—; las bocas de Adela y Alfredo se juntaban, la música subía de volumen y el globo terráqueo de pronto comenzaba a desaparecer. Sólo importaban ella y él en la imaginación de un Alfredo que se encontraba acostado sobre la cama de arriba de la litera, sin zapatos, un dedo volando desde algún agujerito del calcetín, la cabeza sobre sus manos, escuchando de pronto a su madre que gritaba "a comer" para sacarlo de su sueño de escarabajo; con la misma fuerza que tenía para imaginar sus encuentros amorosos, empezaba a odiar la sopa de codito y el arroz y los guisos de su progenitora que, a causa de un accidente biológico, lo había traído a este lagañoso mundo. Alfredo no podía detener su creciente fobia y seguía odiando: el cinturón de adulto que casi le daba dos vueltas, las paredes descarapeladas del cuarto, el viejo edificio en el que vivían, las calles plagadas de baches, la colonia San Álvaro con su desportillada iglesia dominguera, la ciudad que apenas conocía y este país que quién sabe dónde iría a parar con sus canciones rancheras y sus boleros. Entonces, se sentaba a la mesa sin lavarse las manos y se hurgaba una oreja con cualquiera de sus dedos meñiques. Esa tarde se reconfortó porque un par de horas después tendría una tardeada.

¿En qué momento lo sacudieron Los Beatles? ¿Cuándo, aún sin entenderlos del todo —un amigo le había traducido varias piezas—, sintió que Los Beatles eran una gasolina que lo impulsaba a vivir a sus anchas en su reducido mundo y que lo llevó a decir que las cosas no andaban tan bien como toda la gente decía? No, ni ahora que ya cuenta con dos hijos y siete años de casado podría responder satisfactoriamente. A lo más que llega es a aventurar una respuesta poco verosímil, en especial porque le viene de los sentimientos.

Es verdad, piensa Alfredo, Los Beatles tienen un lado ligero, básicamente amoroso, melancólicamente juvenil —tan es así que en la actualidad muchas amas de casa los escuchan y, mientras se lamentan de "este infiernito", desempolvan sus sueños de escarabajo hembra; nadie se sorprenda: ellas fueron las chavas de hace quince años—. Sin embargo, detrás del amor, Los Beatles destilaban cuestionamiento, sarcasmo, juego; abrían puertas, señalaban con el dedo. Así, Fredy y todos los demás entraron a un amor sin doble llave y renegaron del casquete corto. Era una situación latente y la necesidad de abrir la puerta ya se veía venir —no hacía mucho tiempo la sociedad había tenido que tolerar pandillas de cadeneros, y quizá ellos, aunque a fregadazo limpio, tocaron la puerta del "aquí estamos"—; y *Los Escarabajos* llegaron a tiempo, para que se diera el acoplamiento perfecto. Desde esa nueva posibilidad resultó muy fácil saltar hacia Bob Dylan, Joan Báez, *Los Rolling*. Los padres nunca se imaginaron que sus hijos utilizarían la electricidad para hacerse escuchar a veinte cuadras a la redonda.

A uno de estos ruidajales asistió *Fredy* aquella tarde de la sopa de codito. Se puso la mejor ropa posible, se boleó los zapatos; se alisó el fleco y, en un santiamén —porque tan sólo tuvo que caminar dos cuadras—, se encontró recargado en una de las paredes del patio de la casa de los Sepúlveda. A su izquierda y a su derecha, recargados otros muchachos, fumaban sus interminables *Fiesta*; algunas parejas bailaban Ray Coniff. Varias chicas, con los ojos brillándoles por la inquietud, sentadas en la hilera de sillas, dispuestas a lo largo de la pared que estaba frente a la de ellos, platicaban de todo y de nada.

De repente, se organizó un grupito que saboteó el tocadiscos y, a la mitad de la cuarta aburrida canción de Ray Coniff, los pocos que bailaban tuvieron que detenerse, entre contrariados y sorprendidos, porque se hizo el silencio en las bocinas, y las sentadas y los recargados sonrieron y, después, *She loves you, yeah, yeah* provocaba que los muchachos apagaran sus cigarros tallando los zapatos en el suelo, caminaran hacia la pared de enfrente, invitaran a bailar a la muchacha que les había echado ojitos, para que todos hicieran una doble fila a fin de coordinar los movimientos del cuerpo colectivo. La mayoría coreaba *She loves you, yeah, yeah* y agitaba la cabeza.

En algún lugar de esa doble, contorsionante fila está Alfredo y, frente a él, una Adela real, sonriendo, siguiendo los botes de la pelota o nadando onduladísimamente en medio de una tarde que comenzaba a convertirse en noche y que, si *Fredy* se decidiera de una vez, terminaría calentándose la mano con la de él y luego se darían un beso real, no como esos que se daba con él en el lugar más alto de sus ensueños. No, ahí lo tenía, mirándola con unos ojos llenos de inquietud, esperando que tocaran *Ana* y poder encontrarse más cerca de ella y decirle las cosas que nunca le había dicho. Hasta que, después de varias melodías, no sonaba *Ana,* pero en su lugar venía *Regresaré* y daba lo mismo porque, en profesionales giros, Adela y *Fredy* se pegaban las mejillas y, sin que nadie pudiera escuchar lo que platicaban, se querían de esa beatlemaniana manera que acaban de aprender.

En aquellas tardeadas surgieron muchos de los romances de la época. Se besó a quien en el fondo se deseaba besar, pero qué importaba, si también se besó a quien en el fondo se quería. Se engendraron niños que se soñaba tener mucho tiempo después. En estas fiestas nadie se imaginaba que quince años después muchos de los que ahí bailaban se encontrarían entrando y saliendo de las oficinas, con un par de hijos en su haber, para luego regresar a casa, un poco cansados, y poner un disco de *Los Beatles* porque sí, porque de alguna manera se sigue amando melancólicamente, y se le informa al hijo de cinco años, fanático empedernido de *Los Escarabajos* y *Las Piedras Rodantes,* que sí, que ése es John Lennon, aquél Paul McCartney, éste de acá George Harrison y el de la batería Ringo Starr.

(Melodía. Diez años después, núm. 2 o 3, 1979)

BODAS DE FUEGO

UN CERILLO, ataviado de novio, sale hacia la iglesia. Al llegar, se entera, por boca de los cerillos parientes, que la novia escapó en compañía de un cerillo vestido de amante. El novio frota su cabeza contra la desgracia y aparece un pequeño bonzo ardiendo bajo el cigarro.

BODAS DE FUEGO

ELLA HABITABA UN CUENTO

a Fernando Ferreira de Loanda

> Cuando creemos soñar y estamos despiertos, sentimos *un vértigo en la razón*.
>
> SILVINA OCAMPO y ADOLFO BIOY CASARES

DURANTE las primeras horas de la noche, el escritor Guillermo Segovia dio una charla en la Escuela de Bachilleres, en Iztapalapa. Los alumnos de Estética, a cargo del joven poeta Israel Castellanos, quedaron contentos por la detallada intervención de Segovia. El profesor Castellanos no dudó agradecer y elogiar ante ellos el trabajo del conferencista. Quien estuvo más a gusto fue el mismo Segovia, pues si bien antes de empezar experimentó cierto nerviosismo, en el momento de exponer las notas que había preparado con dos días de anticipación, sus palabras surgieron firmes y ágiles. Cuando un muchacho preguntó sobre la elaboración de personajes a partir de gente real, Guillermo Segovia lamentó para sí que la emoción y la confianza que lo embargaban no hubieran aparecido ante público especializado. Tal idea vanidosa no impidió que gustara de cierto vértigo por la palabra creativa y aguda, ese espacio donde lo teórico y sus ejemplos fluyen en un discurso denso y al mismo tiempo sencillo. Dejó que las frases se enlazaran sin tener demasiada conciencia de ellas; la trama de vocablos producía una obvia dinámica, independiente del expositor.

Guillermo Segovia acababa de cumplir treinta y cuatro años; tenía escritos tres libros de cuentos, una novela y una serie de artículos periodísticos publicados en el país y en el extranjero, especialmente en París, donde cursó la carrera de letras. Había vuelto a México seis años antes del día de su charla en Bachilleres, casado con Elena, una joven investigadora colombiana, con quien tenía dos hijos. A su regreso, el escritor comenzó a trabajar en un periódico, mientras su esposa lo hacía en la Universidad Nacional Autónoma de México. Rentaban una casita en el antiguo Coyoacán y vivían cómodamente.

Ya en el camino hacia su casa, manejando un *VW* modelo '82, Guillermo no podía recordar varios pasajes del final de su charla. Pero no le molestaba demasiado; su memoria solía meterlo en esporádicas lagunas. Además, iba entusiasmado a causa de un fragmento que sí recordaba y que podría utilizar para escribir un cuento. Se refería a esa juguetona comparación que había hecho entre un arquitecto y un escritor. "Desde el punto de vista de la creatividad, el diseño de una casa-habitación se encuentra invariablemente en el espacio de lo ficticio; cuando los albañiles empiezan a construirla, estamos ya ante la realización de lo ficticio. Una vez terminada, el propietario habitará su casa y la ficción del arquitecto. Ampliando mi razonamiento, podemos afirmar que las ciudades son ficciones de la arquitectura; a ello se debe que a ésta la consideren un arte. El arquitecto que habita una casa que proyectó y edificó es uno de los pocos hombres que tienen la posibilidad de habitar su fantasía. Por su lado, el escritor es artífice de la palabra, diseña historias y frases, para que el lector habite el texto. Una casa y un cuento deben ser sólidos, funcionales, necesarios, perdurables. En un relato, la movilidad necesita fluidez, por decirlo así, de la sala a la cocina, o de las recámaras al baño. Nada de columnas ni paredes inútiles. Las distintas secciones del cuento o de la casa deben ser indispensables y creadas con precisión. Se escribe literatura y se construyen hogares para que el hombre los habite sin dificultades."

"Habitar el texto" iba pensando Guillermo mientras su automóvil se desplazaba en la noche de la avenida Iztapalapa. Solamente tenía puesta la atención en los semáforos, sin observar el panorama árido de aquella zona de la ciudad. Ni cuando el tránsito se intensificó hacia la Calzada de la Viga, se enteró del cambio de rumbo. "Habitar el texto", insistía, a

170

pesar de sus lagunas mentales. La idea de habitar los vocablos lo maravillaba; quería escribir de pronto un cuento sobre esa idea. Imaginando la forma de abordarlo, pensó que intentaría evitar soluciones literarias sobre temas similares. Al azar, se dijo que una mujer sería el personaje indicado. De manera brumosa intuía a una mujer habitando una historia creada por él. "Ella habitaba el texto" fue la primera transformación. "Aquí ya estoy en el terreno del cuento; la frase misma es literaria, suena bien."

Recordó varias mujeres, cercanas y distantes, pero ninguna respondía a su deseo. Retrocedió y comenzó por imaginar la actividad de ella. Creó un pequeño catálogo de profesiones y oficios, orientándose al final hacia las actrices. Se preguntó sobre las razones de esta elección en lo que su automóvil se alejaba de la colonia Country Club y se dirigía hacia Miguel Ángel de Quevedo para cruzar el puente de Tlalpan. Dejó jugar a su pensamiento en la búsqueda de una respuesta o de una justificación. "De alguna manera los actores habitan el texto. Viven al personaje que les tocó representar y también viven el texto; no encarnan a persona alguna. En el teatro habitan la literatura durante un tiempo breve. En el cine, momentos de ellos perduran con tendencia al infinito. Los dramaturgos han escrito obras de teatro para acercarse al antiguo sueño del escritor de ficción: que seres humanos habiten sus textos. Que la creación artística pase de la zona de lo imaginario a la de la realidad. En el caso de mi tema el movimiento es inverso: que la realidad viaje hacia lo imaginario."

El automóvil de Guillermo Segovia dio vuelta sobre Felipe Carrillo Puerto, adelantó una cuadra y giró hacia Alberto Zamora; treinta metros más adelante, se detuvo. Mientras apagaba el motor, decidió que la mujer de su relato sería una joven actriz que él admiraba, por sus actuaciones y su peculiar belleza. Además, la actriz tenía cierto parecido con la pintora Frida Kahlo, quien se retrataba en los sueños de sus cuadros, otra forma de habitar las propias ficciones. Aunque Segovia no titulaba sus cuentos antes de redactarlos, en esta ocasión tuvo ganas de hacerlo. *Ella habitaba un cuento* sería

171

el nombre del relato; el de la mujer, el mismo que llevaba la actriz en la realidad: Ofelia.

Guillermo bajó del *VW*, entró a su casa; atravesando hacia la izquierda una sala no muy grande, llegó al estudio. Una habitación pequeña cuyas paredes tenían libreros de piso a techo. Encendió la luz, del estuche sacó la máquina de escribir, la puso sobre el escritorio, situado hacia el fondo, junto a una ventana, a través de la que se veían algunas plantas de un jardincito. Prendió la radio de su aparato de sonido y sintonizó *Radio Universidad*. Cuando abría el primer cajón del escritorio, Elena apareció en el umbral de la puerta.

—¿Cómo te fue? —dijo caminando hacia él.

—Bien —respondió Guillermo acercándose a ella.

Se besaron; Segovia le acarició el cabello y las caderas. Se besaron nuevamente y, al separarse, Elena insistió.

—¿Cómo respondió la gente?

—Con interés. Me di cuenta de que los muchachos habían leído mis cuentos. Eso se lo debo a Castellanos... durante la plática salió un tema interesante —explicó, yendo hacia el escritorio.

—Los niños se acaban de dormir... estaba leyendo un poco... ¿no vas a cenar?

—No... prefiero ponerme a escribir...

—Bueno. Te espero en la recámara.

Elena salió soplando un beso sobre la palma de sus manos orientándolo hacia su esposo. Guillermo Segovia se acomodó frente a la máquina de escribir; del cajón que había dejado abierto, sacó varias hojas en blanco e introdujo la primera. Puso el título y comenzó a escribir.

Ella habitaba un cuento

Aquel día la ola de frío arreció en la ciudad. Hacia las once de la noche, más o menos, cayó una especie de neblina, ocasionada por la baja temperatura y el esmog. La oscuridad era más profunda que de costumbre y enrarecía hasta los sitios de mayor luminosidad. Las viejas calles del centro de

172

Coyoacán parecían sumidas en una época de varios siglos atrás. La misma luz de arbotantes y automóviles era sombría; penetraba de manera débil aquel antiguo espacio. Pocas personas, vestidas con abrigos o suéteres gruesos y bufandas, caminaban pegándose a las paredes, en actitud de apaciguar el frío. Semejaban siluetas de otro tiempo, como si en este Coyoacán emergiera un Coyoacán pretérito y la gente se hubiera equivocado de centuria, dirigiéndose a lugares que nunca hallaría. De espaldas a la Plaza Hidalgo, por la estrecha avenida Francisco Sosa, caminaba Ofelia. Su cuerpo delgado vestía pantalones grises de paño y un grueso suéter negro que por su holgura parecía estar colgado sobre los hombros. Una bufanda violeta rodeaba el largo cuello de la mujer. La piel blanca de su rostro era una tenue luz que sobresalía desde el cabello oscuro que se balanceaba rozando sus hombros. Las pisadas de sus botas negras apenas resonaban en las baldosas de piedra.

Aunque no atinaba a saber desde dónde, Ofelia presintió que la observaban. En la esquina de Francisco Sosa y Ave María se detuvo en lo que un automóvil giraba a la derecha. Aprovechó ese instante para voltear hacia atrás, suponiendo descubrir a la persona que la miraba. Sólo vio a una pareja de ancianos que salía de un portón y se encaminaba hacia la Plaza. Antes de cruzar la calle, se sintió desprotegida; luego, experimentó un leve escalofrío. Pensó que quizá hubiera sido mejor que alguien la viniera siguiendo. Echó a andar nuevamente segura de que, no obstante la soledad, la noche observaba sus movimientos. Le vino cierto temor y, de manera instintiva, apresuró el paso. Se frotó las manos, miró hacia los árboles que tenía delante y luego al fondo de la avenida que se esfumaba en el ambiente neblinoso. "Hubiera sido mejor que me trajeran", se lamentó casi para cruzar Ayuntamiento.

Minutos antes había estado en las viejas instalaciones del Centro de Arte Dramático, presenciando el ensayo general de una obra de la Edad Media. Al finalizar el ensayo y después de salir a la calle, una de las actrices le ofreció llevarla; Ofelia inventó que tenía que visitar a una amiga que vivía exactamente a la vuelta, sobre Francisco Sosa. La verdad era

173

que el ambiente gris y extraño de Coyoacán le había provocado ganas de caminar; además, para ella el paisaje neblinoso
continuaba la escenografía de la obra y le traía a la memoria
su estancia en Inglaterra. Se despidió y empezó a caminar,
mientras los demás abordaban distintos autos.

La impresión de ser observada la percibió ya sobre la avenida. Ahora, al notar que nada concreto le sucedía, no halló
motivos profundos para el miedo. El fenómeno debería tener
una explicación que por el momento se le escapaba. Esta idea
la reconfortó y, un poco más animada, sopló vaho sobre sus
manos con el fin de calentárselas. Sin embargo, esta repentina
tranquilidad ahondó sus posibilidades perceptivas. Eran seguramente unos ojos que pretendían entrar en ella; ojos cuya
función parecía más bien la del tacto.

Muy bien, le era imposible desembarazarse de la vivencia,
pero al menos deseaba comprender. ¿Se trataba de sentimientos nuevos y por lo mismo sin definición posible? ¿Qué fin
perseguía ese mirar? Pocas veces había tenido problemas con
ideas persecutorias; aceptaba cierta inseguridad debido a la
violencia del Distrito Federal. Se movía con precaución; ahora, que sí estaba exponiéndose, nadie la amenazaba. Las gentes
de los pocos autos que pasaban a su lado no se interesaban en
ella. Entonces, recordó los espacios intensamente luminosos
en el escenario, cuando las luces de los espots le impiden ver
al público, quien a su vez tiene puesta la mirada en ella.
Sabe que una multitud de ojos se encuentra en la penumbra,
moviéndose al ritmo que ella exige; suma de ojos, gran ojo
embozado, ojo gigante apoyado en su cuerpo. Pretendiendo
alentarse con este recuerdo, Ofelia se dijo que tal vez se tra-
tara de la memoria de la piel, ajena a su mente; en ese brumoso paisaje, quizá volvía a su cuerpo y lo iba poseyendo
paulatinamente. Ojo-red, ojo-ámbito, gran ojo acercándose a
ella, ojo creciendo; Ofelia quiso sacudirse la sensación agitando la cabeza. El esfuerzo, ella lo entendía, fue inútil; ya sin
fuerzas, se abandonó a la fatalidad y sintió sumergirse en una
noche ciega. Caminó en un espacio de pronto apagado, per-
diendo ubicuidad, todavía con la débil certeza de que no se
encontraba ante ningún peligro.

174

Al doblar en el callejón de su casa, sintió que el ojo enorme se encontraba ya sobre sus cabellos, su rostro, su bufanda, su suéter, sus pantalones. Se detuvo y le vino una especie de vértigo semejante al que se experimenta en los sueños en que la persona flota sin encontrar apoyo ni forma de bajar. Ofelia sabía que estaba a unos cuantos metros de su casa, en Coyoacán, en su ciudad, sobre la Tierra, pero al mismo tiempo no podía evitar la sensación del sueño, ese vértigo a final de cuentas agradable porque el soñador en el fondo entiende que no corre peligro y lanza su cuerpo a la oscuridad como un zepelín que descenderá cuando venga la vigilia. Ofelia siguió parada en el callejón, intentando entender; en voz baja se dijo: "No es un desmayo ni un problema síquico. Esto no viene de mí, es algo ajeno a mí, fuera de mi control." Se movió lentamente hacia la pared y recargó la espalda. La sensación se hizo más densa en su delgado cuerpo, como si la niebla del callejón se hubiera posado en ella. "Ya no es que me estén observando; es algo más poderoso." Se llevó una mano a la frente e introdujo sus largos dedos entre el cabello una y otra vez; sobresaltada, comprendiendo el hecho de un solo golpe, se dijo: "Estoy dentro del ojo." Bajó el brazo con lentitud y, siguiendo la idea de sus últimas palabras, continuó: "Me encuentro en el interior de la mirada. Habito un mirar. Estoy formando parte de una manera de ver. Algo me impulsa a caminar; la niebla ha bajado y sus listones brumosos cuelgan hacia las ventanas. Soy una silueta salida de un tiempo pretérito pegándome a las paredes. Me llamo Ofelia y estoy abriendo el portón de madera de mi casa. Entro, a mi derecha aparece en sombras chinescas el jardín, de entre las plantas surge Paloma dando saltos festivos. Su blanca pelambre parece una mota oval de algodón que fuera flotando en la oscuridad. Me lanza unos débiles ladridos, se acerca a mis piernas, se frota contra mis pantorrillas; luego se para en dos patas invitándome a jugar. La acaricio y la pongo a un lado con delicadeza; gruñe lastimeramente, pero yo camino ya entre mis plantas por el sendero de piedras de río. La luz del recibidor está encendida; abro la puerta, la cierro. Deseo algo de comer y me dirijo hacia la cocina. Me detengo y me

*veo obligada a volver sobre mis pasos, sigo de largo hacia la
sala. Prendo una lámpara de pie, abro la cantina, agarro una
copa y una botella de coñac. Sin cerrar la puerta de la cantina,
me sirvo y, al tomar el primer trago, me doy cuenta de que
el deseo por alimentarme persiste, pero el sabor del coñac me
cautiva y, en mi contra, renuncio a la comida. Cuando llevo
la copa a mis labios por segunda vez, aparece Plácida, me
hace un saludo respetuoso y me pregunta que si no se me ofrece nada. Le pido que vaya a dormir, explicándole que mañana tenemos que madrugar. Plácida se despide inclinando
un poco la cabeza, y yo termino de beber mi licor. Entre
mis dedos llevo la botella y la copa; con la mano libre apago
la lámpara y, a oscuras, atravieso la sala y subo las escaleras.
La puerta de mi recámara está abierta y entro. Enciendo la
luz, me dirijo hacia mi mesa de noche. Sobre ella pongo
la botella y la copa. Me siento en la banquita, abro el cajón,
saco mi libreta de apuntes, una pluma fuente, y comienzo a
escribir lo que me está sucediendo."*

Sé muy bien que aún habito la mirada. Escucho los sonidos
que se gestan en su profundidad, similares al rumor de la
ciudad que sube a lo alto de la Torre Latinoamericana. He
tenido que moverme con calma y precisión. El temor se está
disipando; me siento sorprendida, sin desesperación. Ahora,
de repente, estoy molesta, enojada; necesito escribir que protesto. Sí, protesto, señores. ¡Protesto! Hombres del mundo,
protesto. Escribo que habito, escribo que el malestar se ha ido
de mí; detengo la escritura. Me serví licor y me tomé la copa de
un solo trago. Me gusta mucho mi vieja pluma *Montblanc*, tiene
buen punto. Mi cuerpo está caliente, arden mis mejillas. Pienso
que no puedo dejar de vivir dos espacios; la avenida Francisco
Sosa, que ahora la siento muy lejos de mí, es dos caminos, un
sólo gran ojo. En las calles de este viejo Coyoacán que quiero
tanto existe otro Coyoacán; yo venía atravesando dos Coyoacanes, a través de dos noches, entre la doble neblina. En
este momento de visiones vertiginosas, como yo, hay gente
que habita ambos Coyoacanes; Coyoacanes que coinciden perfectamente uno en el otro, ni abajo ni arriba, una sola entra-

176

ña y dos espacios. Alguien, quizá un hombre, en este mismo instante escribe las mismas palabras que avanzan en mi cuaderno de notas. Estas mismas palabras. Dejo de escribir; me tomé otra copa. Me siento un poco ebria; estoy contenta. Como si hubiera mucha luz en mi habitación. Paloma ladra hacia dos lunas invisibles. Me viene el impulso de escribir que a lo mejor el hombre se llama Guillermo y es una persona de barba, nariz recta, larga. Podría ser Guillermo Segovia, el escritor, quien al mismo tiempo vive a otro Guillermo Segovia. Guillermo Segovia en Guillermo Samperio, cada uno dentro del otro, un mismo cuerpo. Insisto en que se me ocurre pensar que escribe en su máquina exactamente lo que yo escribo, palabra sobre palabra, un solo discurso y dos espacios. Guillermo escribe un cuento demasiado pretencioso; el personaje central podría llamarse como yo. Escribo que escribe un relato donde yo habito. Ya es más de media noche y el escritor Guillermo Segovia se siente cansado. Detiene la escritura, se mesa la barba, se enrosca el bigote; se levanta, estira los brazos y, mientras los baja, sale del estudio. Sube hacia las habitaciones del primer piso. Se asoma a su recámara y ve que su esposa se encuentra dormida, con un libro abierto sobre el regazo. Se acerca a ella, la besa en una mejilla, retira el libro y lo pone sobre el buró; antes de salir, le deja una última mirada a la mujer. Cuando desciende las escaleras, aunque no atina a saber desde dónde, presiente que lo observan. Se detiene y voltea pensando que su hijo menor anda levantado, pero no hay nadie. "A lo mejor me sugestioné con el cuento", piensa buscando una causa. Termina de bajar y la sensación de ser observado se le profundiza. Este cambio lo inquieta porque entiende que el paso siguiente es saber que no es visto, sino que habita una mirada. Que se encuentra formando parte de una manera de ver. Parado al pie de las escaleras, piensa: "Esa mirada podría pertenecerle a Ofelia." Por mi lado, en lo que escribo con mi bonita *Montblanc*, siento que voy deshabitando la historia de Guillermo Segovia. Y él no puede disimular que mi texto podría llamarse algo así como *Guillermo habitaba un cuento*; ahora escribo que Segovia, poseído ya por el miedo, va hacia su estudio en tanto que yo voy habitando sólo un Coyoacán, mientras él habita paulatinamente dos, tres, varios Coyoacanes. Guillermo toma las quince cuartillas que ha escrito, un cuento a medio escribir, plagado de errores; agarra su encendedor, lo acciona y acerca la flama a la esquina de las hojas y comienzan a arder. Observa cómo se levanta el fuego desde su relato titulado prematuramente *Ella habitaba un cuento*. Echa el manuscrito semicarbonizado al pequeño bote de basura, creyendo que cuando termine de quemarse cesará la "sugestión". Pero, ahora escucha los sonidos que se gestan en las profundidades de mi atento mirar, semejantes al rumor de la ciudad que sube a lo alto de la Torre Latinoamericana. Ve brotar el humo del basurero sin que disminuya su temor. Quiere ir con su esposa para que lo reconforte, pero intuye que de nada serviría. De pie en el centro del estudio, Guillermo no encuentra qué hacer. Sabe que habita su casa y otras casas, aunque no las registre. Camina hacia su escritorio, toma asiento ante su máquina de escribir, abre el segundo cajón. Dominado por la urgencia de que se frene su desintegración, sin saber precisamente qué o a quién matar, saca la vieja Colt 38 que heredó del abuelo. Se levanta, camina hacia la puerta; lleva en alto el arma. Mientras cruza la sala en la oscuridad, siente que está a punto de perder la conciencia, aun guardando la idea del momento en que vive. Finalmente, en ese estado turbio y angustiante, sube de nuevo al primer piso. La pieza del fondo se quedó encendida; hacia allá se dirige.

Al detenerse en el quicio de la puerta, no logra reconocer la habitación; sus ojos no pueden informarle de lo que ven aunque vean. Desde su dedo índice comienza a fluir la existencia fría del metal; identifica el gatillo y las cachas. Una luz pálida aparece en el fondo de su percepción, devolviéndole los elementos de su circunstancia. Distingue bultos, sombras de una realidad; mira su brazo extendido y levanta la vista. Frente a él, sentada en una simpática banquita, lo observa una mujer. Segovia baja el brazo con lentitud y deja caer la Colt, la cual produce un sonido sordo en la alfombra. La mujer se pone en pie e intenta sonreír desde sus labios delgados. Cuando Guillermo entiende que no se encuentra ante ningún peligro, su miedo disminuye, dejándole una huella entumecida en el cuerpo. Sin meditarlo, decide avanzar; con el movimiento de sus piernas, al fin, llega a la lucidez. Se detiene junto a mí; en silencio, aceptando nuestra fatalidad, me toma la mano y yo lo permito.

ÍNDICE

182

Este libro se terminó de imprimir el
día 15 de agosto de 1986 en los ta-
lleres de Editorial Galache, S. A. de
C. V., Privada de Dr. Márquez, 81,
Col. Doctores; 06720 México, D. F. Se
tiraron 3 000 ejemplares y en su com-
posición se utilizaron tipos Basker-
ville de 11:12, 9:10 puntos.

Nº   2754